年下アルファの過剰な愛情

安曇ひかる

RB
幻冬舎ルチル文庫

CONTENTS ✦目次✦

年下アルファの過剰な愛情

✦カバーデザイン＝chiaki-k（コガモデザイン）
✦ブックデザイン＝まるか工房

イラスト・麻々原絵里依 ✦

年下アルファの過剰な愛情

あんこ。漢字で書くと餡子。
遡《さかのぼ》ること六百数十年前、中国からやってきた林浄因《りんじょういん》という人物が、南朝の後村上《ごむらかみ》天皇に饅頭《まんじゅう》を献上した。その饅頭に入っていたのが、日本で最初のあんこだったと言われている。

「いただきます」

古《いにしえ》の林浄因に感謝しつつ、入江深月《いりえみづき》はトーストの角にサクリとかぶりついた。大好物の小倉あんをてんこ盛りにしたトーストにはバターをたっぷり染み込ませてある。一年三百六十五日、深月の朝食はこの小倉トーストだ。まだ肌寒い四月のこの朝はホットミルクを入れた。

こんがりと焼いたトーストの香ばしさもバターの豊かな香りもミルクの温《ぬく》もりも、深月にとってはあんこを引き立てる脇役でしかない。主役はあくまであんこだ。あんこラブ。

「う〜ん、これぞ至福」

朝陽の差し込むテーブルで、口いっぱいに広がる甘みを堪能《たんのう》しながら、深月はてろんと頬《ほお》を緩めた。

幼少の頃から甘味、中でも殊《こと》の外《ほか》あんこに目がなかった。そんな深月がこの商店街で甘味《かんみ》処《どころ》『まめすけ』を開いたのは、今から五年前のことだ。東京から電車で四十五分。これといった特徴のない、どこにでもある町のどこにでもある商店街。その一番外れにぽつんとある木造二階建ての建物が深月の城だ。店舗は一階で、二階を住居として使っている。

かなり年季のいった建物なので、正直あちこちガタがきているが、ボロいと捉《とら》えるかレト口と捉えるかは人それぞれだ。開閉のたびに軋《きし》む入り口の扉も、立て付けの悪い木製の窓も、なかなか味がある。居抜きだったため最初から設《しつら》えられていた昭和レトロなテーブルと椅子《いす》も、傷だらけだけどかなり気に入っている。

客層のボリュームゾーンは中年から高齢の女性、つまりおばちゃま&おばあちゃま方だ。彼女らにかかれば三十歳の深月など鼻水を垂らした小僧で「ちょっと店長さ～ん、ほうじ茶のお代わりお願い～」などと日々息子か孫のように扱われている。

きれいな放物線を描く眉《まゆ》と、すっきりとした二重の目元は、穏やかで優しげな印象を与えるらしい。決して女性的な顔ではないのだけれど、見る人によってはちょっと色っぽく映るようだ。ほっそりとした体躯《たいく》と長い手足、男にしてはさらさらとした髪質が、そう感じさせるのかもしれない。

『店長、せっかく美形なのに、性格が男前すぎます』

ひとりだけ雇っている大学生アルバイトの夏海《なつみ》が、時々残念そうにため息をつく。自覚はないが、外見と性格に少々乖離《かいり》があるらしい。

「ごちそうさまでした。さてと」

窓の下を小学生の群れが元気よく駆けていく。深月はギシギシと音のする階段を下りると、カウンターから店舗に入った。入り口の扉を開ける。朝一番の仕事は店の前の掃《は》き掃除だ。

「いい天気だなあ……あっ」

穏やかな春風が、足元に一枚、二枚と桜の花びらを躍らせている。薄桃色の可愛らしい花びらを、すぐに掃いてしまうのが惜しくなる。

平凡だが穏やかな毎日。物足りないくらいがちょうどいい。隕石《いんせき》に直撃されるとか、宇宙人の襲来を受けるとか、そんなことでもない限り、これから先もこの平穏はずっと続いていくのだろう。

と、通りの向こうから、ずっ、ずっ、という重い足音が聞こえてきた。

商店街の方からランドセルを背負った男の子が近づいてくる。酒屋の長男・ヒロヤだ。いつもなら集団の先頭を走っているヒロヤが、今朝はなぜか俯《うつむ》き加減に、ひとりでのろのろと歩いている。鉛の塊でも入っているのか、ランドセルがひどく重そうだ。

「おはよう、ヒロヤくん」

「……ようございます」

「みんなもう行っちゃったよ？　お腹《なか》痛くなっちゃった？　それとも宿題忘れた？」

ヒロヤはふるふると頭を振る。具合が悪いわけではなさそうだが、その表情は暗い。深月はヒロヤの正面にしゃがんだ。

「学校、行きたくないの？」

ヒロヤが小さく頷《うなず》く。

「……喧嘩《けんか》したから。昨日」

昨日親友のタクちゃんと大喧嘩をし『ぜっこう』を言い渡されたのだという。

「絶交か。そりゃショックだな」

「タクちゃんも悪いけどオレも悪いから、謝りたいけど、タクちゃん怒ってるし……」

多分許してもらえないだろうと、ヒロヤは項垂《うなだ》れた。

「それじゃさ、もしヒロヤくんが、頑張ってタクちゃんに謝って、ちゃんと仲直りできたら、ふたりでここにおいで。スペシャルクリームあんみつ奢《おご》ってあげるよ」

深月の提案に、ヒロヤが顔を上げた。

「ほんとに？」

「ああ。男と男の約束だ」

指切りをすると、ヒロヤはようやくにっこりと笑ってくれた。深月もつられて笑う。

「おじさん、あのね」

「ん？」

おじさんと呼ばれることに抵抗がなくなったのは、いつの頃からだろう。

「できればなんだけど、クリームあんみつじゃなくてチョコレートパフェがいいな、オレ。多分タクちゃんもチョコレートパフェの方がいいって言うと思う。親友だからわかる」

微妙な落胆を顔には出さず、深月は「了解」と頷く。

「仲直りできたら、ふたりにチョコレートパフェな」

「やった！　約束ね！」

ヒロヤは先刻までとは別人のような足取りで、学校へ向かって駆けていった。元気よく左右に揺れるランドセルには、鉛は入っていなかったようだ。

箒《ほうき》を片手に、深月は大きなため息をついた。

「おれがあれくらいの歳には、あんみつ食わせてやるなんて言われたら、泣いて喜んだもんだけどな」

物心ついた頃には、すでにあんこの虜《とりこ》になっていた。最近の若い者ときたらまったく。失われゆく日本の心を嘆いていると、背後から「普通ですよ」と声がした。

「お、夏海。早いな」

「おはようございます。一本前のバスに乗れたので」

都内の大学に通う夏海は、講義のない日にはこうして朝からアルバイトに入ってくれる。黒目がちな目元ときゅっと閉じた愛らしい口元が、仔《こ》リスを思わせる青年だ。体格も華奢《きゃしゃ》なので一見頼りなく見えるが、なかなかどうしてタフに働いてくれるので助かっている。飾り気《け》のない素直な性格も好ましい。

「今どきの子供は大抵、あんみつよりパフェですよ。ていうか店長、そんなことばっかりやってるから、うちの店ちっとも儲《もう》からないんじゃないですか?」

どうやらヒロヤとのやり取りを見ていたらしい。素直な相棒は時に耳の痛いことを言う。

「いいじゃないか。パフェひとつで友達と仲直りできるんだったら安いもんだろ」

「まあ、そうですけどね」

「欲を言えばぜひともスペシャルクリームあんみつをご馳走《ちそう》したかった。和の甘味に触れる絶好の機会だったのに」

「世の中の人がみんな『前世が小豆』だと思わないでください」

おれの前世は小豆。深月の口癖だ。

呆《あき》れたように肩を竦《すく》め、夏海が店内に入っていった。やれやれと掃き掃除を再開すると、不意に背中がぞくりとした。

「……風邪でもひいたかな」

呟《つぶや》いた途端、今度は下腹の奥に、ずんと重い熱を感じた。

——まさか……。

過《よぎ》った予感に、眉根が寄った。

深月はオメガだ。

「男」と「女」という性の分類の他に、「アルファ」「ベータ」「オメガ」という第二の性分類が存在することが発見されて久しい。全人口の九十九パーセントは「ベータ」だ。「ｎｏｔアルファ・ｎｏｔオメガ」であるところの彼らは、第二の性に影響されない「男」であり「女」だ。

人口の〇・五パーセントとされるアルファは、生まれつき有能で体格に恵まれ、社会的職業的地位の高い者が多い。特異な才能を持つ者も多く、秀でたスポーツ選手や芸術家はほとんどがアルファだと言われている。

同じく人口の〇・五パーセントほどとされるオメガは、体内にオメガ宮と呼ばれる子宮を持ち、男女を問わず妊娠出産が可能だ。サイクルは人それぞれだが平均するとおよそ三ヶ月に一度「ヒート」と呼ばれる発情期を迎える。その時期に発するフェロモンは、アルファを性的に刺激する。

ヒートの期間は一週間ほどだが、オメガはその間強い発情に苦しむ。立っていられないほどの性的な疼《うず》きに加え、発熱、倦怠感《けんたい》といった症状も現れるため、通常の社会生活を送ることは困難だ。望むと望まざるとにかかわらずその身体《からだ》でフェロモンをまき散らしてしまうオメガは、しばしば犯罪の犠牲者になり社会問題となっている。

ヒートを抑えるためには、アルファの番《つがい》になる、つまり結婚することが最善の道だ。アルファに嫁ぎ、性行為を通じて番の儀式を済ませれば、以後ヒートは訪れなくなるからだ。

事実上、オメガは自身の人生を自身で選択することができない。生まれながらに「受け身」の性なのだ。ほとんどのオメガは世界に数多くある見合いサイトに登録し、そこでアルファに見初《みそ》められ、番になる。それが一般的かつ最も幸せなオメガの生き方とされている。

有能で社会的地位の高いアルファに嫁げば勝ち組。選ばれなかったオメガは、生涯に亘《わた》ってヒートを抑えるための抑制剤を服用しながら、ベータに紛れて社会生活を送ることになる。

オメガのほとんどは思春期にベータから転性する。生まれながらのオメガ（ナチュラルオメガ）は全オメガの一パーセント以下とされている。優秀なアルファの子供を産む確率が高い希少な性のため、アルファたちの間では常に争奪戦となっている。深月は数少ないナチュラルオメガのひとりなのだが、わけあって見合いサイトには登録せず、抑制剤を服用し続けている。

「店長、そろそろ店、開けましょうか」

「ああ、今行く」

返事をしたものの、身体はだるい。ヒート期間は一昨日《おととい》終わっているはずなのに。

抑制剤の効果と副作用に関する研究開発は、近年飛躍的に進んだ。安価で安心して服用できる抑制剤が増えたことは、世のオメガたちにとって喜ばしいことだった。しかしどんな薬にも副作用はあり、効果が強くなればなるほど年々効きが悪くなってくる。深月に処方されているのは、国内最強クラスの効果と謳《うた》われている抑制剤だ。

――まさかこの歳で効かなくなってきたのかな。

不安がよぎる。

「店長、何してるんで――あ」

入り口の扉から顔を覗《のぞ》かせた夏海が、深月の背後に視線をやった。

少し離れた場所にトラックが一台停まった。でかい。四トンだ。

「『まめすけ』……ここだな。よーし、下ろせ」

ドライバー他、数名の男たちが降りてきて、トラックの荷台を開けた。作業着を着てはいるが、見慣れた宅配業者の配達員ではないようだ。

「夏海、お前何か買ったか？　タンスとか」

「買っていません。買ったとしてもここには届けません」

だろうな、と頷くや、やたらとマッチョな配達員が荷台から降りてきた。

その腕に抱えられた真っ赤な塊に、深月と夏海はそろって息を呑《の》んだ。

「薔薇《ばら》？」

「……みたいだね」

なぜ薔薇？　大きさから推測すると、ひと束が百本くらいだろう。それをマッチョは三束も抱えている。つまり三百本だ。しかも彼の後ろから他の配達員が続々と……。

「どちらに置きましょうか」

マッチョが身体に似合わない爽やかな笑顔で尋ねる。

「え、どこって……？」

「多分全部入りきらないと思いますけど、とりあえず店の中に運んじゃいますね」

「ちょっ、ちょっと待ってくれ」

「失礼しまあす」

勝手に扉を開けている。人の話を聞け。というか薔薇の匂いがすごい。

呆気《あっけ》にとられる深月のシャツを、夏海がツンツンと引っ張った。

「またなんか来ましたよ」

「はあ～？」

声を裏返しながら夏海の視線の先を追うと、真っ赤なスポーツカーが近づいてきてトラックの後ろにきゅんっ、と停まった。

「すごい……ランボルギーニアヴェンタドールSロードスター。生まれて初めて見ました」

夏海が呆然《ぼうぜん》と呟く。

「ランボー、なんだって？」

「ランボルギーニアヴェンタドールSロードスターです。五千万の車ですよ」

「ごっ……」

顎《あご》が外れそうになったところで、ランボーなんちゃらの扉が開いた。トビウオみたいな妙ちくりんな開き方に、夏海が「おお……」と感嘆の声を上げた。

すーっと音もたてず、背の高い男が降り立つ。

日に焼けた顔は小さく、手足が恐ろしく長い。身長は百八十……いや、百八十五センチ近くはあるだろう。金色に近い髪が、緩いウェーブを描いている。サングラスをしているのでわからないが、肌の色からするとおそらく深月たちと同じ日本人なのだろう。身に着けている濃紺のスーツは、量販店でしか服を買わない深月にもわかるくらい上質な艶《つや》を放ち、若い獣のように引き締まった男の身体を嫌味なほど引き立たせていた。

「ま、まさか……」

夏海が目を瞬《しばた》かせながら両手で口を覆った。

「知ってるやつか」

「知ってるというか……」

ランボーなんちゃらに乗っているということは、もしかして有名人なのだろうか。

そう言えばどこかで見たことのあるような……。

「お久しぶりです、入江部長」

男がサングラスを外す。同時に夏海が喉元《のどもと》から、ひゅぉっという空気音を発した。

「あ、ああっ、ウルフ天久保《あまくぼ》……さんが、どうしてここに」

「天久保？　――あ」

思い出した。この男はプロテニスプレーヤーの天久保尊《たける》だ。

スポーツはオリンピックしか観ない深月でもその名前は知っている。現在世界ランキング二位。飢えた狼《おおかみ》のような鋭い眼光から「ウルフ天久保」という異名を持っている――と以前教えてくれたのは、大学でテニスサークルに所属している夏海だ。

その才能や体型から、天久保は間違いなくアルファだ。アルファの中でも特に優れた能力を持つ人間をスーパーアルファと呼ぶらしいが、間近で見るとよくわかる。天久保は絵に描いたようなスーパーアルファだ。

さっき感じた下腹の重さは、スーパーアルファが近づいてきていたせいだったのだ。

それにしても世界的テニスプレーヤーがなぜこんな地方都市の商店街の甘味処の前に現れたのだろう。しかも聞き間違えでなければ今「入江部長」と呼ばれた気がする。

「ええと、すみません。以前にどこかでお会いしたでしょうか」

深月は会社勤めというものをしたことがない。高校を中退し、その後様々なアルバイトで資金を貯め『まめすけ』を開業した。「おいこらバイト！」と呼ばれることはあっても、部長なんていう肩書をいただいたことは、ただの一度もない。

「ひどい人ですね。俺のこと忘れちゃったんですか」

ぐるぐると記憶を辿《たど》るが、どのアルバイト先にも世界ランキング二位のテニスプレーヤーの知り合いなどいなかった。ということは前世か？　まさかこの男も前世が小豆……。

「思い出せませんか」

「……すみません」

なんで謝らなくちゃならないのかと、心の中で首を傾《かし》げる。

天久保は眉根を寄せ、ハッと短いため息をついた。

「本当にひどい人ですね。高校の時、あなた俺に言ったじゃないですか。薔薇百万本と百億円用意したら、俺のものになるって」

深月は耳を疑った。

——俺のもの？　なんだそれ？

そんな約束をした覚えはない。というかこいつ、同じ高校だったのか。

「店長、天久保さんと知り合いだったなんて、どうして今まで黙っていたんですか！」

目の前の長身をうっとり見上げたまま、夏海がぐりぐりと肘《ひじ》で突いてくる。

「痛い。だから知り合いじゃないって——おい、ストップ！」

深月はようやく、薔薇が店内に運ばれ続けていることに気づいた。

「どうして止めるんですか」

「おれは薔薇なんて頼んでいません」

「俺が高校一年の時、三年生だったあなたに注文されました」

「わけわかんないこと言ってんじゃない！」

頭の中でブチッと音がした。

「なんの嫌がらせか知らないが、金なら払わないぞ」

「だからプレゼントだって言ってるじゃないですか。部長が全然儲からないボロい甘味処をやってることくらい、先刻調査済みです」

ものすごく失礼なことを言われた気がするが、今はそれどころではない。

「一体何本あるんだ」

「約束通り、百万本です」

「ひゃ……」

「さすがに一度に百万本持ってきたらご迷惑かと思ったので、とりあえず一万本です。残りは後日」

百万本持ってきたら迷惑だとわかるのに、なぜ一万本でも十分迷惑だと思い至らないのだろう。バカなのか。脳筋なのか。

「大丈夫、残りの九十九万本はここには持ってきませんよ。あなたのために薔薇園を買ったので、そこでご覧に入れます」

「ばらえんだとぉ〜っ？」

くらりと目眩《めまい》がした。「店長！」と叫んで夏海が背中を支えてくれた。

「だ、大丈夫ですかっ」

「全然大丈夫じゃない。大丈夫なわけあるかっ」

夏海に八つ当たりしても仕方ない。

「世界的テニスプレーヤーがこんなところで何やってんだ。高校の先輩をからかってる暇なんかないいんじゃないのか？　なんちゃらオープンとか、なんちゃら大会とか、そういうのに出るんじゃないのか？」

「ああ、それですけど俺、テニス引退することにしました」

「えええ～～っ！」

声を裏返して絶叫したのは夏海だった。気を失いそうになっている。

「大丈夫か、夏海」

「だ、大丈夫じゃないです。全然。なんで……引退だなんて、そんな……そんな」

涙ぐむ夏海を振り向きもせず、天久保は真っ直《ます》ぐ深月だけを見つめて言った。

「百億、貯まったので」

現在引退に向けて、スポンサーなど関係各所に根回し中なのだという。

天久保はスーツのポケットから何かを取り出し、深月に差し出した。

「な、なんだこれは」

「小切手です。百億、好きに使ってください」

「…………」

深月は一歩、二歩と後ずさる。

これはあれだ。新手の詐欺か何かだ。こいつは天久保尊のそっくりさんなのだ。

そう思い込もうとしたのだが。

「とにかく俺は約束を守りました。あなたは今日から俺のものです」

天久保はにやりと微笑《ほほえ》み、深月の頭の先からつま先まで、舐《な》めるように視線を這《は》わせる。まるで本当に舐められたみたいに、肌がぞくりと粟立《あわだ》った。

「お、おれは……」

「そうそう、一番大事なもの、渡し忘れるところでした」

薔薇と小切手の次はなんだ。警戒に眦《まなじり》を吊り上げた深月に、天久保はほんの小さな袋を差し出した。

「……なんだこれは」

「カバーガラスです」

カバーガラスってなんだっけ。

「あの日、俺のせいで入江部長、割っちゃったでしょ」

「おれが割った？　――――あっ」

薬品の匂い。ちょっとサイズの大きい白衣。

グラウンドを走る運動部のかけ声。窓際のカーテンを揺らす風。

靄《もや》が晴れていくように、鮮やかに記憶が蘇《よみがえ》る。

突如襲来した宇宙人・天久保尊は、理科部の後輩だった。

生まれた時から運動音痴だった。小学校のドッジボールでは、大抵最初に当てられて外野に出されていた。中学のマラソン大会でも常にビリから数えた方が早かった。勉強はそこそこできたが、体育だけはいつも「2」。「1」は出席が足りない生徒にしか付けられないので、つまるところ最低の成績だった。

高校は地元では有数の進学校だったが、文武両道という校訓に基づき、全員部活動に参加することが義務付けられていた。深月は当然文化部、それも事実上帰宅部に近い状態の理科部に所属した。二年生の秋に一学年上の三年生が引退し、形だけの部長を引き受けることになった。ただ実際に教師とやり取りをしていたのは数名の真面目な女子で、深月は気が向いた時だけ、週に一度くらいの割合で理科室に顔を出すだけだった。

その日の放課後、深月は十日ぶりの理科室で顕微鏡を覗き込んでいた。気が向いたわけではなく、同じクラスの友人に『ちょっと顕微鏡で見てほしい』と頼まれたものがあったのだ。特別仲が良かったわけではない彼は、自分が水虫ではないかと疑っていた。もちろん『病院に行けよ』と言った。小さな密封袋に入れられた足の裏の皮を渡された時には、思わずうげっと仰《の》け反《ぞ》りそうになったが『例のあんぱん十個奢るからさ。頼む』と拝み倒され、つい受け取ってしまった。正門の向かい側にあるパン屋で売っている『漢のあんぱん』は、深月の大好物であり昼食の定番だった。

「ったく、なんでおれがこんなことを……あ、いるいる、白癬菌《はくせんきん》。うわあ……」

気の毒な友人は十七歳にして水虫に侵されてしまったようだ。まだ誰も来ていない理科室で「ご愁傷様《しゅうしょう》」と静かに合掌する。

「白癬菌って、こんな感じなのか……」

純粋な興味で顕微鏡を覗き込んでいると、不意に背中がぞくっとした。

四月も末だというのにまだ少し肌寒いからだろうか、この頃少し風邪気味だ。長引いているなとは思ったが、元々あまり丈夫な方ではないので気に留めていなかった。帰り道にドラッグストアで風邪薬を買おうかな、などと思いながら白癬菌を凝視していると、不意に頭上から低い声が落ちてきた。

「何覗いてるんですか、入江部長」

その瞬間、背中だけに感じていたぞくぞくが、一気に全身に広がった。

「……っ」

調節ねじを握っていた指に変な力が入り、ねじを逆方向に回してしまった。

ピッと小さな音がした。対物レンズがプレパラートのカバーガラスを割ったのだ。

「ああ……やった」

中学生でもやらないミスだ。深月はゆっくりと背後を振り返った。

「あーあ、割れちゃいましたね」

すらりとした男子生徒が、悪びれる様子もなくにやにやと肩を竦めていた。見覚えのない顔だ。背は高いが制服が真新しい。この春入ってきた一年生なのだろう。

「いきなり声かけるからだ」

「え、俺のせいですか？」

じろりと睨《にら》み上げると、口元に微《かす》かな笑みを浮かべている。一ミリも反省していない様子で「怖っ」と肩を竦め、理科室を出ていってしまった。

「……ったく、なんなんだ」

腹が立ったが、確かに声をかけられたくらいで手元を狂わせた自分が悪い。廊下を遠ざかっていく足音を聞きながら、深月はハッとため息をついた。

――あいつ、アルファだな。

少年の面差しを残しながらも凛々《りり》しく整った目鼻立ち、羨《うらや》ましいくらい恵まれた体軀。特進クラスのネクタイをしていたから、頭もとびきりいいのだろう。

そんなやつが、どうして理科部なんかを選んだのか。深月は小さく首を傾げた。

形ばかりの部長は、新入部員の名前はおろか人数すら把握していない。今度ここへ来たら名前を聞いてみようと思ったが、再会したのは意外な場所だった。

昼休みになると、深月は必ずといっていいほど校舎の屋上へ上った。進入禁止の張り紙がされているが、扉の鍵が壊れていることを深月は知っていた。元々大勢でワイワイやるのが苦手だったこともあるが、思春期に入ってからちょっとした悩みを抱えていたこともあり、いつしか昼休みのほとんどをひとり屋上で過ごすようになっていた。

その日も好物のあんぱんと牛乳で昼食を終えた深月は、ひとつしかないベンチに寝転がり、平和の象徴のようにゆったり流れていく春の雲を眺めていた。

ふあああと大きな欠伸《あくび》が出る。心地よい四月の風に「あなたはだんだん眠くなる～」と頬を撫《な》でられ、眠りの淵に転げ落ちそうになった時、鉄の扉が開くギギーッという渋い音がした。数ヶ月に一度、教師が見回りにやってくる。「こら～、屋上に上がっちゃいかんぞ～」という形だけの小言に「すみませ～ん」と形だけの謝罪を口にするだけなのだが、この日はそれすら面倒くさくて眠ったふりをしていた。

「カバーガラスって、どこで売ってるんですか」

教師ではなかったらしい。聞き覚えのある声に、片目だけうっすらと開けた。

「弁償したいんですけど、売ってる店、教えてもらえませんか」

「知らない」

「部長なのに？」

知らないものは知らない。備品の購入は真面目な女子たちに任せてある。ちなみに部員名簿も彼女たちが管理している。

「本当に部長なんですか」

クスッと笑って男は屋上の柵に背中を預けた。

「用はそれだけか」

目を瞑《つむ》ったまま、わざとぶっきらぼうに尋ねる。男は「はい」と答えた。

「俺のせいで割れたみたいに言われたんで、弁償しようかと」

嫌味な物言いなのに、爽やかな声色に中和されてしまう。見た目だけでなく声までいいのだから、さぞかしモテるだろう。アルファというのは、それだけで人生の勝ち組だ。

「弁償とかいいから」

「そうはいきません」

あの日はとっとと逃げたくせに、今日はやたらと食い下がる。深月は小さく舌打ちしながら身体を起こし、ポケットから今食べたばかりのあんぱんの包装紙を引っ張り出した。

「これ、百個買ってきたら許す」

「『漢のあんぱん』……なんすかそれ」

「お前、『漢のあんぱん』を知らないのか？」

正門前のパン屋で売られている『漢のあんぱん』は、粒あん、こしあん、小倉あん、の三種類がこれでもかと詰められた大人気のあんぱんだ。通常サイズの三倍はあろうかという大きさで、友達とシェアして食べる女子だけでなく、隠れ甘味好きの男子の繊細なハートと胃袋をも、がっちり摑《つか》んで離さない逸品だ。

「まさか昼飯、あんぱんなんですか」

「ああ。毎日」

「毎日あんぱん……」

男は信じられないというように眉根を寄せた。

「おれの昼飯があんぱんだと、お前に何か迷惑がかかるのか」

放っとけボケ、と心の中であかんべーをする。

「おーい、タケル、こんなとこで何やってんだ。次、体育だぞ」

また扉が開いて、体操着姿の生徒がふたり顔を覗かせた。呼ばれた男は、「今行く」と答え、ベンチの深月に軽く一礼すると駆け足で去っていった。

タケル。それがやつの名前だった。

その日の午後に降り出した雨は三日間も続いた。四日目の昼、いつものように屋上に上ると、ベンチにタケルが座っていた。深月の姿を見つけると、ほんの少しだけ口元を緩めて立ち上がった。その手には、パン屋のビニール袋が携えられていた。

まさか本当に買って来るとは思っていなかった——というのは嘘だ。階段を上りながら、ほんのちょっとだけこんな展開を期待していた。

「マジで人気なんですね。五個しか買えませんでした」

「ひとりで五個も買ったらヒンシュクだぞ」

「ヒンシュクが怖くて弁償はできません」

理屈になっていない理屈に、深月は小さく噴き出してしまった。

「初めて笑った」

「……え」

「入江部長が笑ったの、初めて見ました」

別に不愛想なわけではないが、確かにこの頃、心から楽しいと感じることがなかった。いつも心の奥に重石《おもし》を抱えている。誰にも相談できない。打ち明けられない。たったひとりの家族である、母親にさえ。

「一気に百個は無理そうなんで、二十回に分けさせてもらっていいですか」

真顔で尋ねるタケルに、深月はもう一度、今度は声をたてて笑ってしまった。

「なんか可笑《おか》しいですか」

「いや。変なやつだなと思っただけ」

「変って……」

タケルは拗《す》ねたように唇を尖《とが》らせた。そんな表情を見ると、いくら体格に恵まれていても彼が二学年下なのだということを思い出す。

「一個やる」

袋から『漢のあんぱん』をひとつ取り出して差し出した。しかしタケルは「いらないです」と首を振った。

「遠慮すんな」

引き締まった腹筋に押し付けようとすると、タケルは慌てたように二歩、三歩と後ずさった。この間も感じたが、タケルは深月との間に必ず一定の距離を置く。触れることを恐れているように。

——まさか気づかれている……？

過った不安をかき消すように、深月は空を見上げた。

「やっと晴れたな」

昨日までとは打って変わって雲ひとつない空は、抜けるような青だ。

「そうっすね」

「入江部長」

隣で同じように、タケルも空を見上げる。

「ん～？」

「なんでいっつも昼、ここにいるんですか」

空を見上げたまま、タケルが尋ねた。

「友達いないんですか」

「……言い方」

友達はいる。けれど友達がいたところで解決しない問題というものが、世の中にはある。アルファのタケルには、おそらく一生わからない、かかわりのない問題だろう。

同じ青を見上げているのに、タケルと自分の間には、目には映らないが永遠になくなることのない壁がある。

「さてと、おれはそろそろ戻る。これ、サンキュな」

深月は『漢のあんぱん』が入った袋をかさかさと振ると、ひとりでとっとと鉄の扉へ向かった。扉が閉まる一瞬、何か言いたげにこちらを見つめているタケルが見えた。

それからほどなく深月は高校を退学した。とある事件に巻き込まれ、身体と心に大きなダメージを負ったのだ。都内の病院に入院していたひと月の間に、退学届を提出した。退院を待って東京を離れ、母親の実家のある関東の小さな町に引っ越した。

校舎の屋上にふたり並んで空を見上げた日からちょうどひと月後、母とふたり駅で電車を待っていると、どこから聞きつけたのかタケルがホームに現れた。

「これ、餞別《せんべつ》です」

どうして引っ越すんですか。何があったんですか。

当然ぶつけられると思っていた質問をひとつも口にせず、タケルは袋いっぱいの『漢のあんぱん』を差し出した。

「残りは宅配便で送りますから住所教えてください」

「……悪い。冗談に付き合える気分じゃない」

気を利かせたのか、母が「飲み物買ってくるわね」と自販機に向かった。

「真面目に言ってるんですけど」

「だったら余計に付き合えない」

深月は差し出された袋を受け取った。

「これで十分だ。百個には全然足りないけど、カバーガラスの件は許してやるよ」

ありがとな、と背中を向ける。自販機前で炭酸飲料を手にした母が「これでいい？」と聞いている。深月は右手でＯＫマークを作った。笑顔も忘れない。

「入江部長」

背中にじんじんと熱を感じる。嫌な予感がした。

「……なんだ」

「俺と恋しませんか？」

「…………」

予感的中だ。

「ちなみにこれも、真面目に言ってます」

知っている。気づいていた。

もしかしてこいつ俺のこと好きなのかもと、あの日屋上で深月は思った。

「俺のものになりませんか?」

繰り返された台詞《せりふ》に、間もなく列車が到着しますというアナウンスが被《かぶ》る。

「そうだなあ」

地面に置いたバッグを持ち上げ、深月は精悍《せいかん》に整ったタケルの顔を振り返った。

こんなふうに正面から顔を合わせたのは、初めてかもしれない。

「薔薇百万本と……百億円持ってきたら、考えてやってもいい」

薔薇が好きだったわけではない。百万本の薔薇がどうのこうのという古い歌を、以前母が歌っていたのをたまたま思い出しただけだ。

タケルは一瞬息を呑んだが、すぐに「わかりました」と力強く言った。

わかっちゃったのかよ。深月は俯いてふっと微かに笑った。

「深月、そろそろ」

電車が来るわよと、母が呼んだ。

「約束ですからね、入江部長」

列車がホームに滑り込み、ドアが開く。深月は「じゃあな」と軽く手を上げた。

タケル……尊。
――そうか。あれが天久保だったのか。
二度と会うことはないと思っていたのに。

店舗二階にある三間の和室が深月の住まいだ。一番広い八畳の居間を挟むように、六畳間がふたつ。それぞれ寝室とタンス部屋として使っている。寝室にベッドは置かず、朝晩押し入れから布団を上げ下ろしする。トイレは店舗と共用なので夜中に催すと寝ぼけ眼《まなこ》で階段を下りなければならない。居間の脇にあるキッチンは人ひとり立つのがやっとで、冷蔵庫を開くと通行ができない。風呂は足を抱えないと肩まで浸《つ》かれない狭さで、週に一、二度、商店街の銭湯に行くのが数少ない楽しみのひとつだ。
不満を挙げればきりがないが、三十路《みそじ》男がひとりで暮らしていくのに不自由しない、最低限のスペースとシステムは揃っている。贅沢《ぜいたく》は敵だ。

カーテンの隙間から差し込む朝日で目が覚めた。枕元の目覚まし時計を手に取る。六時二十五分。あと五分寝ていられる……と布団を被り直そうとしてハッと目を開けた。

——悪夢だった……。

昨日は店を臨時休業した。高校時代の後輩が、世界ランキング二位のプロテニスプレーヤーになって『まめすけ』に現れたからだ。四トントラックで運んできた一万本の薔薇は、商店街の人たちに頭を下げて回り、手分けして無料で配ってもらった。それでもさばき切れなかった分は夏海がツイッターで呼びかけ、欲しいという人に取りにきてもらった。ようやく最後の一束がなくなったのは、午後七時過ぎで、深月も夏海も口もきけないほどへとへとになっていた。

天久保といえばその間ずっと、無人のカウンターで優雅にコーヒーカップを傾けていた。淹《い》れてやる夏海も夏海だが、薔薇を引き取って帰るでもなく、かといってさばくのを手伝うでもなく、日がな一日スマホを弄《いじ》ったり週刊誌を捲《めく》ったりしていた。その図々しさと無神経さに、深月は腹が立つのを通り越して呆れてしまった。

夢なら醒《さ》めてくれと願いつつ布団から這い出し、軽く身支度を整えた。通常通りギシギシと軋む階段を下りると、正面は裏通りに面した個人用の玄関だ。深月は欠伸をしながら三和土《たたき》のサンダルをひっかけ、新聞受から朝刊を引き抜いた。

朝日の下で新聞を広げる。一面の左下あたりに、その記事はあった。

【天久保尊　電撃引退か】

ウルフの異名を持つ天才テニスプレーヤー天久保尊（二十八）が、間もなく始まるパリオープンを突然棄権した。数日前からフロリダの自宅に戻っておらず、その行方と動向が心配されている――とある。さほど大きく取り上げられていないのは一般紙だからだろう。今頃三百メートル先にあるコンビニの店先には、『天久保引退』の巨大な文字を躍らせたスポーツ紙が山積みになっていることだろう。

やはり昨日の出来事は夢ではなかったらしい。どんよりとした気持ちで踵《きびす》を返した瞬間、視界の端に黒っぽい大きな塊を捕らえた。

「……っ！」

深月は声にならない声を上げ、三センチほど飛び上がった。この界隈《かいわい》をうろついている野良猫が、びっくりした時こんな反応をする。

玄関扉の脇に、濃紺のスーツ姿の男がひとり座っていた。背中を壁に預け、背中を丸めて足を抱え、両ひざのわずかな隙に額を埋《うず》めるようにして眠っている。座っていてもわかる手足の長さと金色の光る髪に、深月の眉間《みけん》には深い皺《しわ》が刻まれた。

「おい」

不機嫌な声に、反応はない。

「おい、起きろ」

やけに形のいい後頭部を新聞紙でバサッと叩くと、野獣の目覚めよろしく、天久保がゆっくりとその頭を擡《もた》げた。

「……おはようございます」

焦点の合わない目がなぜか妙にセクシーだった。ベッドで目覚める時もこんな顔をするのだろうか、などといらぬ想像をしてしまい、深月はふるんと頭を振った。

「まさかここでひと晩過ごしたのか」

「あなたが中に入れてくれないんで」

「おれは帰れと言ったんだ。野宿しろとは言っていない。大体お前、アレはどうしたんだ。トビウオ」

「トビウオ?」

「車」

「ああ、夜中、マネージャーに取りにきてもらいました」

「マネージャーが来たのか!」

なぜ一緒に帰らなかったのだ。なぜ連れて帰らなかったのだ。ふたり揃ってバカなのか。

朝っぱらから頭痛がしてきた。

「大体お前——」

「今朝は早いねえ、入江さん」

怒濤《どとう》の文句を浴びせようとした時、小柄な老女に声をかけられた。商店街で美容院を営んでいる麗香《れいか》さんは、御年《おんとし》八十歳にして現役バリバリだ。もう五十年以上、朝の散歩を欠かしたことがないという。

「おはようございます、麗香さん」

「昨日は薔薇をありがとね。お客さん、みんな大喜びだったよ」

「こちらこそ、助けていただいてありがとうございました」

「困った時はお互いさま。また何か誤発注しちまった時は、声かけてちょうだいよ」

深月は「そうさせていただきます」と苦笑した。数を間違えて発注してしまったということにしてあるのだ。

「今日もいい天気になりそうだねえ」

なんの体操なのか、両腕をぐるぐる回しながら麗香が通り過ぎていく。その背中が見えなくなるのを待って、足元の天久保を見下ろした。幸い生垣の陰になっていて、麗香に気づかれずに済んだ。

「本当に全部配っちゃったんですか、薔薇」

「他にどうしろと？　狭い店ん中で一万本の薔薇に押し潰《つぶ》されて死ねと？」

じろりと睨み下ろすと、すーっと視線を逸《そ》らされた。一切反省しないつもりらしい。

深月はハッと尖ったため息をつき、玄関に入った。

「いつまで座ってるつもりなんだ。来い」

「えっ？」

「誰かに見られたらどうするんだ。ひとまず中に入れ」

天久保尊がいると知れたら、それこそ一大事だ。天下のウルフが、よもやこんな中途半端な地方都市の、地味な甘味処にいるとはマスコミもファンも想像すらしないだろう。ただいかんせん金髪長身の美丈夫は目立ちすぎる。タンポポの草原に、一輪だけ胡蝶蘭《こちょうらん》を置いたようなものだ。

「ホストをお持ち帰りしたと思われたら迷惑だからな」

この町にホストクラブなんてないけどな、と心の中で付け加える。

精一杯の嫌味はまったく通じなかったらしく、天久保はすくっと立ち上がり、「それじゃ、おじゃまします」と爽やかに笑った。日に焼けた顔に、白い歯が眩《まぶ》しい。

――そう言えばこいつ、ミントガムのＣＭに出てたな。

『キスの前にも、試合の前にも、息リフレッシュ』

テニスコートでガムを手に、にっこり微笑む天久保を思い出したら気分がどんより澱《よど》んだ。

開店前のカウンターにふたり並んで腰かける。間にひとつ席を開けたのは、決して本意ではないんだからなという、強い意思表示だ。

毎朝定番の小倉トーストを、今朝はふたり分用意した。飲み物はカフェオレ。天久保のリクエストなど聞かない。文句があるなら食べなければいいのだ。「どうぞ」も言わず、深月は自分のトーストを齧《かじ》る。倣うように天久保も「いただきます」と皿に手を伸ばした。

パンは同じ大きさのはずなのに、天久保が持つと小さく見えてちょっぴり悔しい。

「それは？」

天久保の視線が、店の片隅に置かれたラケバを捉えている。

「ああ、夏海が忘れていったんだ」

昨日は夕方からテニスサークルの練習に出る予定だった夏海だが、薔薇騒動のおかげで大学に戻れなかった。よほど疲れたのか、店にラケバを忘れて帰ってしまった。

天久保はふうん、と興味なさそうに欠伸をした。お前のせいだぞと喉まで出かかる。

「入江部長、嘘つきですね」

「あ？」

「全部配ったなんて言って」

天久保が嬉しそうに指さしたのは、カウンターの隅に置いた薔薇だ。ひと束くらいは残してもいいんじゃないですかと夏海が言うので、それもそうかと花瓶に生けた。

「あれは夏海が――」

「ひと束だけでも受け取ってもらえて嬉しいです」

「だから夏海が――」

「照れ屋なんですね、入江部長」

「人の話を聞け！」

バンッ、とカウンターに手をついた。

「言いたいことはいろいろあるけど、まずその『部長』って呼び方やめろ」

同じクラスに部長は何人かいた。サッカー部の田中《たなか》、野球部の佐々木《ささき》、バド部の有村《ありむら》。部をまとめチームを率いていた彼らは人望も厚く、その名に恥じない部長だった。比べて深月は部長らしい仕事などひとつもしなかった。しかも就任数ヶ月で退学している。

「なんでですか」

「おれはもう部長じゃない。妙なプレーみたいだからやめろ」

気色悪い、と鼻に皺を寄せる深月を、天久保は目を輝かせて覗き込んだ。

「妙なプレーって、どんなプレーですか」

「どんなって……」

思いがけない食いつき方をされ、深月は言い澱む。「いや～ん、部長さんったらエッチ～」という、昔どこかで観た動画の台詞が脳内で再生されてしまう。

「ねえ、どんなプレーか教えてくださいよ」

爽やかな朝にふさわしくないじっとりとした声で尋ねられ、深月はこほんとひとつ咳払《せき》いをした。

「うるさい。とにかく『部長』はよせ」

「じゃあなんて呼べば？」

「知らねえよ。好きにしろ」

「じゃあ『部長』で」

「だぁからっ！」

神さまはこの男にテニスの才能を与える代わりに、「人の話を聞く」という大切な機能をつけ忘れたのだろうか。まだ開店前だというのに、一日分の気力を使ってしまった気がする。

天久保は鼻歌でも歌い出しそうな顔で、トーストに齧りついている。ちょっと焦がしてしまったのに「美味《おい》しいですね」と微笑みながら、あっという間に完食した。

「もう一枚食うか」

「いいんですか」

こんなデカい身体なのだ。一枚では足りないだろう。深月は立ち上がり、食パンを二枚トースターに入れた。

「お前さ、本気なのか。テニスやめるって」

「本気ですよ」

被せ気味に答えたその声には、迷いの欠片《かけら》もなかった。

「その……まさか……」

おれのためにやめるのか、とはちょっと聞きづらい。

昨日の話をざっくり繋《つな》ぎ合わせると、つまるところ天久保は十三年前に交わした口約束を本気にしてせっせと貯金をし、このたび目標額の百億円に到達したのでテニスをやめることにした――ということらしい。

いやいやまさか、いくらなんでもありえない。

もし本当にそうなのだとしたら、天久保はイカレている。

昨夜ネットで調べたところによると、天久保は高校二年の春に単身アメリカに渡り、すぐにその実力を認められプロになった。あれよあれよという間にランキングを駆け上り、数年前からは世界ランキング二位と三位を行き来している。当然本業の獲得賞金も相当な金額だが、それ以上にスポンサーとの契約金やＣＭの出演料などが、それはもう半端じゃない。深夜、昨年の天久保の推定所得額が記載されたサイトを見つけ、深月は布団の中で「はあ?」と叫んでしまった。

――そりゃあ百億貯まるわな。

トビウオに乗って、高級スーツを着て、日々贅《ぜい》の限りを尽くしても、百億くらい簡単に貯められる。実力だけがモノをいう世界で実力を発揮した人間は最強だ。ただし裏を返せばそう簡単にテニスをやめられるわけがない、ということにもなるわけで。

「昨日言ってたアレ、冗談なんだろ?」

「冗談？　なんで俺があなたに冗談言わなくちゃならないんですか。俺はこの十三年間、あなたを手に入れるためだけにテニスをしてきたんです」

「そんなこと言っても、スポンサー契約とかあんだろ。そういうの、どうすんだよ」

「今、マネージャーが奔走してくれています」

コーチ、トレーナー、管理栄養士、マネージャー。その他たくさんの人間が「チーム天久保」としてテニスプレーヤー・天久保尊を支えている。中でも第一マネージャーの磯村《いそむら》とは日本を発つ前からの長い付き合いだという。昨夜トビウオを回収していった男だ。

『俺がテニスをするのは大会に優勝するためでも、ランキングを上げるためでもない。入江深月という男を手に入れるために必要な百億を稼ぐため。それだけのためにテニスをする。だから百億を手にした暁《あかつき》には、即引退する』

信じられないことに天久保のこの考えを、チームに周知徹底していたという。

「じゃあファンは？　お前のこと応援してくれているファンに失礼だろ」

「俺はいつも全力で戦っています。試合で手を抜いたことなんて一度もない。何が失礼なんですか」

「いやだからその姿勢がさ」

チンと音がする。深月は立ち上がり、焼けたトーストを天久保の皿に載せた。てんこ盛りにしてやったあんこは、ほとんど減っていない。

「スポーツ選手ってのは、優勝するために戦うんだろ、普通」

「なんのために戦うのかは俺の勝手でしょう。じゃあ聞きますけど、住宅ローンを返すために働いているサラリーマンは営業相手に失礼なんですか？　真面目で仕事もできるけど実は有名スポーツ選手と結婚することばっかり考えている女子アナは？　ファンに失礼ですか？」

わかったようなわからないような理屈だが、妙に説得力がある。

「とにかく俺は、テニスに未練はありません」

「一切？」

「これっぽっちも。あ、バターもらっていいですか」

目の前のバターケースを、天久保の前にずらす。

「言わせてもらうがおれは百億なんていらない。あの時のアレは口から出まかせだったんだ」

「え、そうだったんですか」

鳩《はと》に豆鉄砲を喰《く》らわせたことはないが、きっとこういう顔をするに違いない。

パシパシと瞬《まばた》きをする天久保の顔は、どこかちょっと幼い。

「当たり前だろ。高校生だったんだぞ？　百億とか冗談に決まってるだろ」

「なあんだ。冗談なら冗談って言ってくれればよかったのに」

己の十三年を「冗談だった」のひと言で全否定されたというのに、天久保はそれほどショックを受けていないようだ。

「というか、おれに恋人がいる可能性とか、結婚している可能性とか、考えなかったのか」

「いたとしても、俺が奪うんで」

ノープロブレムですと、天久保は微笑む。

「申し訳ないが、おれは百億なんて受け取る気はないから」

ついでに天久保のものになるつもりもない。

「入江部長、よーく考えてください。お金は大事ですよ？」

保険会社の回し者みたいなことを言う天久保の涼しい横顔を、キッと睨みつけた。

「受け取らないと言ったら受け取らない」

「入江部長が受け取ってくれないなら……」

それを資金に事業を始めるとか、でなきゃ慈善団体に寄付するとか、使い道はいろいろあるだろうに、天久保の答えはまたしても豪快にナナメ上だった。

「海に撒《ま》きます」

「なっ……」

天久保は想像以上にイカレていた。人間の常識が通じない。

「とにかくそういうことで俺、無職になるので今日からこの店を手伝わせてください」

「はあ～？」

「無給でいいですよ。金なら撒くほどありますから」

「断る！」

甘味処のバイトくらい誰にでも務まると思ってもらっては困る。

世界を股《また》にかけていなくても、百億稼げなくても、深月は『まめすけ』の店長という仕事に生きがいを感じ、誇りを持っているのだ。

「テニス以外なんにもできないやつ、たとえ無給だって雇うつもりはない」

「失礼ですね。こう見えて料理も洗濯も自分でやってきたんです。割と役に立ちますよ、俺」

「だが断る」

「じゃあハウスキーパーとして」

「拒否する」

「ボディーガードっていう手も」

「いらないっつってんだろ！」

どこの世界にボディーガードをつけている甘味処の店長がいるというのだ。

――こいつに言葉は通じない。

こうなったら実力行使だ。天久保の首根っこを掴んで店の外に放り出そうとした時だ。

「誰か……誰か助けて……」

通りの方から微かな声が聞こえた。天久保の耳にも届いたのだろう、ふたりは同時にスツールから飛び下りた。扉を開けて外に飛び出すと、店の前の歩道に七十代くらいの女性が倒れ込んでいた。目が悪いのだろう、色の入った眼鏡をかけている。

「大丈夫ですか！」

深月が駆け寄ると、女性は唇を震わせながら、「か、鞄《かばん》が……」と商店街とは反対の、小学校の方向を指さした。かなりのスピードで自転車が遠ざかっていく。ちらちらと後ろを振り返りながら自転車を漕いでいるのは、若い男だ。

ひったくりだ。目の悪い女性を狙う卑劣な犯行に、強い怒りが込み上げてくる。

「お怪我《けが》はありませんか」

女性が呆然と頷く。目立った怪我はなさそうだ。

自転車を追おうか。でも多分間に合わない。

逡巡《しゅんじゅん》していると「部長」と呼ばれた。女性と一緒に振り返ると、口元にパンくずをつけた天久保が立っていた。いつの間にかテニスラケットと黄色いボールを持っている。傍らに夏海のラケバが落ちていた。

「屈《かが》んで」

短い呟きに、深月は無言で女性の背中に手を回し、姿勢を低くした。

天久保が、トトンと二回地面にボールをつく。

獲物を見つけた野生動物のような鋭い視線。しかしその動きは流れるように滑《なめ》らかだ。

長身が鞭《むち》のようにゆっくりとしなる。

次の瞬間。パーンと弾《はじ》けるような音がして、音速でラケットが振り下ろされた——と思ったら、数十メートル先でガシャンと派手な音がした。後頭部に殺人サーブを喰らったひったくり犯が、自転車ごと路上に倒れたのだ。付近の家から人が数人飛び出してきて、男を取り押さえたり警察に連絡したりしている。すべてが一瞬の出来事だった。

「すげ……」

——これが世界ランキング二位のサーブ……。

悔しいけれど一瞬、深月はそのフォームに見惚《みと》れた。

天久保は「つまらないものを軌《き》ってしまった」とばかりに踵を返し、地面に座り込んだままの女性に手を差し出した。

「立てますか」

女性は「ええ」と頷き、天久保の手を借りてなんとか立ち上がった。

「ありがとうございます」

天久保は恐縮する女性のスカートの砂を払ってやると、深月の耳元で囁《ささや》いた。

「ほらね、役に立ったでしょ?」

「なっ……」

吐息のような声が耳朶《じだ》を掠《かす》めた瞬間、全身の産毛がぞわりと立ち上がった。ラケットを深月の胸元に押し付け、天久保はそのまま店の中に入っていった。

――この感覚……。

『何覗いてるんですか、入江部長』

十三年前の理科室で、いきなり声をかけられたあの時。全身を駆け抜けた何かに、深月は手元を狂わせてプレパラートのカバーガラスを割った。

アルファと思《おぼ》しき人間と接しても、こんな感覚に襲われたことは一度もなかった。強い抑制剤を飲み続けている深月には、性欲というものがほとんどないからだ。それなのに今、天久保の囁きは、確かに深月の身体の深い部分を刺激した。

――こいつがスーパーアルファだからか。

「ありがとうございました。なんとお礼を申し上げればいいか」

恐縮する女性に付き添って犯人から鞄を取り返すと、集まっていた近所の人たちから「入江さん、テニスしてたんだね」「すごい腕前だね」と褒めちぎられた。スーパーショットを決めたのは天久保なのだが、それを見ていたのは幸い本人と深月だけだ。目が悪い女性はおそらく天久保の姿をはっきりとは見ていないが、サーブを決めたのが深月でないことには気づいているだろう。

――警察に事情聴取されたらマズいな。何か上手《うま》い言い訳は……。

妙案はないかと思案していると、店の前に佇《たたず》んでいる夏海の姿が目に入った。昨日の一件があったので、早めに来てくれたのだろう。

「ああ、えっと、打ったのはおれじゃなくて、あそこに立ってる彼なんです。うちのバイトなんですけど、大学でテニスやってて、そりゃもうすごい腕前なんですよ」

近所の人々は、それはすごいと素直に納得してくれた。深月は急いで店の前に駆け戻る。

「夏海！」

警察が来る前に口裏を合わせようと思ったのだが、夏海の様子がおかしい。両手で顔を覆って泣いているようだった。

「どうしたんだ、夏海」

駆け寄って尋ねるが、夏海は顔を上げない。そういえば天久保の姿がない。

「天久保はどうした」

夏海が店の中を指さした。嫌な予感がする。

「あいつに何か言われたのか」

夏海は答えず、ただ肩を震わせて泣いている。

——あんの野郎。

夏海を泣かせるなんて絶対に許さない。店に入ってとっちめてやろうといきり立つ深月の腕を、夏海が「違うんです」と摑んだ。

「ガットを……」

「ガット？」

「ラケットのガットを、調整した方がいいって、天久保さんが……」

「……は？」

夏海はようやく顔を上げ、ずずっと洟《はな》をすすった。

「あの天久保尊がですよ？　テニスが好きってだけで中学も高校もろくに試合に出してもらえなかったこの僕のラケットを、触って、握って、しかも使ってくれたなんて……うう」

夏海は天久保のスーパーショットを見ていたらしい。

「それだけでも大感激なのに、ガットの張り具合についてアドバイスしてくれるなんて、僕……僕……もう死んでもいいですぅぅ」

夏海はもう一度顔を覆ってさめざめと泣き出した。

「バカバカしい」

深月は地面に穴が開きそうな、大きなため息をついた。心配した自分がバカだった。

「美しいフォーム……まるで映画のワンシーンみたいでした」

「映画？　ギャグ漫画だろ」

「店長」

「ん？」

「天久保さんを置いてあげてください」

「それはちょっと……」

「天久保さんを追い出すなら、僕、バイト辞めますからね」

ええ！　と絶句したところで、遠くからパトカーのサイレンが聞こえてきた。これから事情を訊《き》かれるだろうに、深月のライフはゼロどころか大きくマイナスに振り切っていた。


「入江深月さん、お入りください」

看護師に名前を呼ばれて診察室に入ると、カルテに向かっていた白衣の男が「おう」と振り向いた。「よっ」と深月も片手を上げる。気心の知れた友人との挨拶《あいさつ》など大抵こんなものだ。滅多なことでその表情を崩さない内科医・菅谷慶介《すがやけいすけ》は、高校時代の同級生だ。

十七歳で「目覚め」と呼ばれる初めてのヒートを迎えた。以来十三年間ヒートが来るたびに抑制剤を服用する生活を送っている。慶介が医師になってからは、彼のクリニックで薬を処方してもらっている。週に一度の店休日の今日、深月は二ヶ月ぶりにここ『菅谷クリニック』を訪れた。

「どうだ、調子は」

「……うん」

深月は曖昧《あいまい》に頷く。いつものように「変わりないよ」という返事が返ってくると思っていたのだろう、慶介は怜悧《れいり》な目元をわずかに曇らせた。

「どうした。何かあったのか」

あったといえばあった。いや、ものすごくあった。

「今はなんでもない」

「やっぱり何かあったんだな」

今はなんでもない。つまりそれは「なんでもなくなかった」時があったということだ。頭の切れる男に、隠し事をするのは難しい。

「薬の効きが、最近ちょっと悪い気がするんだ」

「具体的には？」

「……うん」

高校時代の友人知人と疎遠になっている中、慶介とだけはこうしてずっと交流が続いている。思い出すのも憚《はばか》られるような辛い時期を、いつも傍《そば》で支えてくれた。唯一無二の親友と言っても過言ではない男なのだが、それでも、いやだからこそ、性にまつわるあれこれを明け透けに話すことには羞恥《しゅうち》が伴う。

「具体的な症状がわからなければ診断はできない。俺は神さまじゃなく医者だ」

視線をカルテに戻し、あえて淡々と告げるのは深月の逡巡を知っているからだ。冷たそうに見えて、実は心根の温かい男なのだ。

「実は……」

深月はできる限り感情を殺し、この数日間に起こったことを報告した。

三日前の夜――天久保が一万本の薔薇と共に現れた日の夜、深月は久しぶりに自慰をした。それ自体は稀《まれ》なことではない。抑制剤を服用していると性欲は大きく減退するが、溜《た》めすぎると朝に下着を汚してしまうため、それを避けるために週に一度か二度、仕方なく自慰をする。ただし深月にとってそれは単なる作業だ。性欲によって中心が熱くなったことも、熱を鎮めるためにそこに手を伸ばしたのも、本当に久しぶりのことだった。

天久保のことは伏せ、性欲の件だけを伝えると、慶介は「なるほど」とカルテから顔を上げた。感情の読めない表情を、今日ほどありがたいと思ったことはない。

「今はなんでもないんだな？」

「ああ」

「だったら薬の効きが悪くなったわけじゃないだろうな。この薬の場合、効きが悪くなってくると、一度自慰をしたくらいじゃ治まらなくなる」

「そうなのか」

深月は安堵《あんど》した。抑制剤が効かなくなることは、深月にとって何よりの恐怖だ。

番のアルファを持たない、あるいはなんらかの理由で番《つが》うことを望まないオメガにとって、抑制剤の服用は一生欠かせない。ヒート時に発するオメガ特有のフェロモンは、アルファの本能を激しく刺激する。抑制剤にはヒートの苦しみを抑える目的の他に、己の身を守るという大切な役割もあるのだ。

「直近のヒートは？」

「五日前に終わった」

折しも天久保が現れる前日のことだった。

「一旦《いったん》きちんと終わったんだろ？」

「ああ」

強い抑制剤を服用していても、ヒート状態にある時はわかる。ヒートによる激しい疼きを麻酔で麻痺させるようなものなので、四六時中身体の芯がぼーっとするような、なんとも言えない感覚に襲われるのだ。

「なら薬の効きは関係ない。深月、疲れてるんじゃないのか？」

「疲れるほど流行《はや》ってると思うか？　うちの店」

茶化す深月に、慶介は「それもそうだ」とほんの少し口元を緩めた。笑うと意外なほど優しい顔になることを深月は知っている。

「でなきゃ、気づかないうちに強いアルファと近づいたのかもな。スーパーアルファとか」

「…………」

天久保の顔が浮かんでドキリとする。

「スーパーアルファと近づくと、薬が効かなくなるのか」

「効かなくなりはしない。でも万が一接触したら、多少影響を受ける可能性はあるらしい」

「らしいってどういうことだ」

「スーパーアルファの個体数が少なすぎて研究が進んでいないんだ。海外で数件そういう事例が報告されているというだけで、真偽のほどは定かじゃない。でもまあ心配するな。お前が飲んでいる薬は国内では最強クラスのものだ。それにスーパーアルファなんて日本中探しても数人いるかどうかってところだ。未開の地に生息する珍獣みたいなもんだ。出会う確率は、天文学的数字だ。宝くじに当たるより低確率だ」

「……だよな」

ははっと笑って頭を掻《か》いてみせたが、深月の脳裏には珍獣の顔がリアルに浮かんでいた。天久保は間違いなくスーパーアルファだ。影響を受ける可能性があると慶介は言うが、その度合いが不安だった。ちょっとした性欲が、忘れられない過去を蘇らせる。

「なあ慶介、もう少し強い薬に変えてくれないか。確か先月承認された新薬があったよな。あれ、使わせてくれないか」

深月が頼むと、慶介は一瞬目を眇《すが》め、それから今日一番の優しい笑顔になった。

「新薬を使わせろとか、簡単に言うなよ」

「いろいろ面倒なのはわかってる。でも……」

どんなに強い抑制剤を服用していても、ほんのわずかな隙間からフェロモンが漏れてしまいそうで、時々たまらなく怖くなる。練炭自殺をする人間が車の窓に目張りをするように、隙間という隙間を完全に塞《ふさ》いでしまいたい。

「不安なのはわかるが、今の薬はちゃんと効いている。変える必要はない」

「でも……」

「お前はただでさえ強い抑制剤を人より多く服用している。これ以上強い薬を出すことはできない。わかるだろ？」

優しい口調で慶介は念を押す。深月は項垂れるしかなかった。

ヒートの平均的なサイクルは三ヶ月に一度ほどとされ、予定日の一週間前から抑制剤を服用するのが一般的だ。ところが深月のサイクルはたったの四週間だ。普通のオメガには年に四度程度しか訪れないヒートが、深月にはおよそひと月に一度、年に十二回以上訪れる計算になる。個人差が大きいとはいえ、四週間サイクルというのは現在日本には深月の他にいないらしい。

しかも深月はオメガの中でも希少なナチュラルオメガだ。生粋《きっすい》のオメガとも言えるナチュラルオメガのヒートは一般的なオメガより強烈で、強い抑制剤を使用しなければならない。

強い薬を短いスパンで飲み続ける。そうしなければ深月は、人間らしいごく普通の暮らしを送ることができないのだ。

なぜ自分だけ。何も悪いことなどしていないのに——。そう嘆いたこともあったが、今は仕方がないことだと割り切っている。背が高い、低い、目が大きい、小さい。そういった個性と同じだ。自分はたまたまナチュラルオメガに生まれつき、たまたま他人よりヒートの回数が多い。それだけのことだ。ヒートの前週とヒート期間に抑制剤を服用する。それさえ怠らなければベータと何も変わらない日常を送ることができるのだ。

「どうしたんだ、急に。まさかスーパーアルファと同居でもすることになったのか？」

慶介がからかう。深月は「ないない」と首を振ったが、腋《わき》にたらりと冷や汗が流れるのを感じていた。実はその「まさか」だった。

ひったくり事件の後、神と仰ぐ天才テニスプレーヤーを追い返すなんてできないと、夏海に泣いて縋《すが》られ、しばらくの間タンス部屋にしている六畳間に天久保を居候《いそうろう》させることになってしまったのだ。いつも控えめな夏海の、たまの「お願い」に深月は弱い。

『いいか、まかり間違っても店に顔を出すなよ。声も出すな。黙って裏で皿だけ洗ってろ。それから日中は外出するな。自分の食うものはネット通販とか駆使して自分で調達しろ』

ドSかという無理難題を突き付けたのに、天久保は『わかりました』とあっさり了承した。

夕方遅くに麗香の店に天久保を連れていった。テニスと卓球の区別がつかないほどスポーツに疎い麗香は、天久保が何者なのかも知らなかった。ウェーブのかかった金髪を短くカットして真っ黒に染めると驚くほど印象が変わった。長めに残した前髪を垂らし、黒縁の眼鏡をかけさせるとスポーツ選手の印象は消え、実に知的な青年に仕上がった。

——そういえばこいつ、特進クラスだったんだよな。

鏡の中でどんどん変わっていく天久保の様子に、深月はひっそりと高校時代を思い出していた。それほどたくさんの思い出があるわけじゃない。交わした言葉も数えるほどだ。けれどそれは確かに懐かしさと呼べる感情だった。

ただ、その中に混じる苦いものに、気づかないふりをするのは難しい。

「俺は逆に、薬を減らしてほしいと思っているくらいだ」

「慶介……」

「気持ちはわかる。あんなことがあったんだから……不安になるなと言う方が無理だ。ただ現段階では、お前がこの頻度で生涯に亘って抑制剤を飲み続けられる保証はない。今後新薬が開発されるのを待つしかない」

「………」

「徐々にでいい。少しずつでいいから薬を減らす方向で頑張ってみないか。俺も力になる」

な、と肩を叩かれ仕方なく頷いたが、抑制剤なしでヒート期間を過ごすなんて、考えただけで吐き気がした。

「そうだ、この間浅草《あさくさ》に美味《うま》い寿司屋を見つけたんだ。今夜どうだ」

慶介のクリニックを訪れた日は、ふたりで食事に出かけるのが常だ。

「ああ、ごめん。今日はちょっと」

夜までには戻ると、天久保に言ってある。

「なんだ、用事か。奢ってやろうと思ったのに」

「悪いな」

「いいさ。そのうちお前んとこに行く。スペシャルクリームあんみつ、久しぶりに食いたくなった」

「特別に抹茶アイスも載っけてやるよ」

じゃ、と手を上げ、診察室を出た。薬を受け取ってクリニックを出ると、太陽が西に傾いていた。

「あいつのせいで、寿司食い損ねた……」

回らない寿司なんて久しぶりだったのにと、ぶつぶつ文句を言いながら駅に向かっていると、ポケットの中でスマホが振動した。表示された名前に、深月は小さく舌打ちをする。

「用がある時はこっちからかけるって言ったのに……ったく」

どうしてもアドレスを交換したいというから、渋々応じたのだ。いそいそと深月の名前を登録する天久保の横顔を思い出した。

「何か用か」

猛烈に不機嫌な声を聞かせてやったのに、天久保は応える様子もない。

『用事、終わりましたか』

「ああ今終わった。これから帰る」

『駅まで迎えにいきます』

「バカッ！　家から出るなと言ったろ」

思わず怒鳴ると、道行く人が一斉に振り返った。深月は立ち止まり、ビルの壁に向かって声を潜めた。

「ウロチョロするとすぐにマスコミが嗅《か》ぎつけるぞ。そうなったら即行で追い出すからな」

囁き声で説教すると、しばらく間があって『わかりました』と返事があった。当然だ。わかってもらわなければ困る。

『じゃあ家で待ちます。気をつけて帰ってきてください』

ああ、と答えて通話を切った。

「いや、待ってなくていいから。全然」

スマホをポケットにしまいながら、なぜか頬が熱くなる。「帰り道を心配されるほど老いぼれちゃいないっつーの」などと憎まれ口を叩きながらも、どこかふわふわした気分になっている自分に「アホ」と突っ込んだ。

「スーパーアルファか……」

天久保は、深月がオメガだと気づいているのだろうか。

もし気づいていて、深月と番いたいと思っているのなら、それは無理だと早めに知らせてやった方がいいのではないだろうか。浮かんだ思いは、深月の足取りを重くした。

玄関わきの階段を上ると、いい匂いがしてきた。

「おかえりなさい」

狭いキッチンに天久保が立っていた。

「肉焼いてるんで、一緒に食いませんか」

自分の飯は自分で調達しろという命令を守り、天久保はネット通販で高級ステーキを取り寄せていた。居間のテーブルの上には高そうな赤ワインもある。ダイニングなんて洒落《しゃれ》た空間のない入江家では、この小さなテーブルが食卓だ。

「部長の分も買ったんで」

昼から何も食べていない深月の腹は、ぐうっと現金な音をたてた。

「……いい。自分の分は自分でっていうルールだから」

それでもなお「どうぞ」と言うなら苦しゅうない、食ってやってもいい。帰り道、商店街の肉屋でコロッケとメンチカツを買ってきた。天久保がどうしても食べたいとねだったら、仕方ないからどっちかわけてやろうと思ったのだ。ところが。

「そんな可愛げのないこと言わないでくださいよ」

フライパンを片手ににやりとされ、頭の中でプチッと小さな音がした。

「いらないって言っただろ」

三十路の男に可愛げを求めるな！

「いいか。居候させてやっているが、飯に関してはおれはおれ、お前はお前だ。お前はお前の好きなものを食え。おれはおれの好きなものを食う」

堂々と宣言した直後、深月は大いに後悔する。

「そうですか。わかりました」

キッチンから向かってくる天久保は、大きな皿を手にしていた。その上には焼き上がったばかりのステーキが、なんと三枚。

「さ、三枚食うのか、ひとりで」

「俺が二枚、部長に一枚と思って焼いたんですけど、平気です。これくらいのステーキなら五枚は食えます」

そうか。食えちゃうのか。落胆を悟られないように、深月はメンチカツにかぶりついた。

肉屋のメンチカツはなかなか美味い。コロッケも大好物で週に二度は買いに行く。しかし目の前のこの肉は多分サーロインだ。そこには越えられない壁がある。

コロッケは七十円、メンチカツは百三十円。このステーキはグラム千円は下らないだろう。

くそうっ、と小さく呟く。冷えた揚げ物独特の脂っこさが口に広がった。

「うん。肉屋のメンチは冷めても美味いなあ」

ひとりごちてみたが、天久保の返事はない。せめてここは「揚げたてほかほかサクサク」で対抗したかった、などと悔し紛れに考えている自分に呆れた。思っていたよりずっと精神年齢が低かったらしい。

「……にしても」

肉の焼ける匂いというのは、なぜこんなにも食欲中枢を刺激するのだろう。興味のない素振りでちらりと視線をやると、天久保が肉汁を滴らせた肉片を口に運んでいるところだった。

――うわ。

肉の脂に濡れた唇がひどく卑猥《ひわい》だ。品のいい手つきでナイフとフォークを扱っているのに、なぜだろうその様子は獲物の肉を食いちぎる野獣を彷彿《ほうふつ》とさせた。

――めちゃくちゃ美味そう。

こんなことなら慶介の誘いを断らなければよかった。大いに後悔した深月だったが、病院を出た時の重苦しい気分はなぜか消えていた。

近いうちにステーキを食べよう。それも最上級のサーロインだ。

早くも二枚目の肉にナイフを入れる獣を睨みつけながら、深月は心に誓った。

優れたアルファを産む希少な性とされるナチュラルオメガは、世のアルファの間で常に争奪戦が繰り広げられている。特に社会的地位の高いアルファたちは、有能な世継ぎ、跡継ぎ、後継者を残すため、ナチュラルオメガの獲得に必死だ。

どこかの病院にナチュラルオメガが生まれたという情報は、それを求める人々の間にあっという間に広まる。政財界に蠢《うごめ》く金と力の前には、守秘義務など絵に描いた餅《もち》だ。深月の場合も多分に漏れず、つかまり立ちをする頃には「息子の嫁に」「孫の嫁に」と、様々な方面から打診があったらしい。

オメガとの婚約は十五歳になってからと法律で決められている。深月は十五歳の誕生日、大手機械メーカー・剣崎《けんざき》製作所の専務・剣崎英臣《ひでおみ》と婚約した。十八歳になるのを待って籍を入れることになっていた。

無論、十五歳の深月が自らの意思で決めたわけではない。多くのナチュラルオメガがそうであるように、母親の史恵《ふみえ》がまだ世間を知らない息子に代わって剣崎を選んでくれたのだ。富と名声を手にした人間にありがちな居丈高なところがなかったからだという。

顔を合わせたのは数回だけだったが、剣崎はいつも紳士的で、嫌な思いをしたことは一度もなかった。史恵は身体が弱く、おまけに入江家は母子家庭で経済的に困窮していた。それでも成績優秀だった深月を、剣崎は学費の高い有名私立高校に通わせてくれた。それだけではない。深月の意思を尊重し、入籍後も大学に通わせてくれると約束してくれたのだ。恐縮する母子に、大切な婚約者なのだから当然だよと微笑んでくれた。

高校生にもなれば、自分がオメガであることを理解する。そういう運命なのだと諦めをつけることもできる。近いうちに必ず訪れるヒートも恐ろしかったし、そんなものに怯《おび》えながら生きるより、優しいお金持ちに嫁ぐ方がずっと利口で幸せなのだと深月は知っていた。何より苦労して自分を育ててくれた母を、早く楽にさせてやりたいという気持ちが強かった。

とはいえ婚約や結婚に具体的なイメージを持つことはできなかった。父親の会社で役員として働く二十七歳の剣崎と、ごく平凡な中学三年生の深月の間に共通の話題があろうはずもない。剣崎を嫌いではなかったが、特別な感情はなかった。友人たちが話す恋バナに耳を傾けながら、自分には一生縁のない話だと思っていた。

籍を入れてもセックスをしても、剣崎と恋をすることはないだろう。十八歳になったら入江深月ではなく剣崎深月になる。自分の運命を受け入れるしかないのだと思っていた。

高校三年生の四月。十八歳まであと数日となったある日、深月に目覚めが訪れた。

突然だったとその時は感じたが、今にして思えば何日か前から予兆はあった。なんとなく熱っぽくて身体がだるかった。健康な男子高校生なら、目覚めの予兆だと気づいたのかもしれないが、母親に似て身体があまり丈夫でなかった深月は、季節を問わずよく風邪をひいた。だからその時もいつもの風邪だと見過ごしてしまったのだ。それがあんな悲劇を呼ぶことになるとは思いもせずに。

校舎の屋上で天久保から『漢のあんぱん』をもらった数日後のことだった。朝から微熱とだるさを覚えていたが、午後になって症状はさらに悪化した。とても授業を聞いていられる状態ではなくなり、五時間目の途中で仕方なく早退することにした。

いつもの風邪ではないかもしれない。最寄り駅に向かう道の途中、深月は嫌な予感に襲われた。身体のだるさに加え、次第に下腹部に熱が籠《こも》ってきた。拙《つたな》い自慰しか知らない深月にも、その熱の正体は見当がついた。

――ヒートだ。

目覚めが訪れたのだとようやく自覚した時には、支えがなければ立っていられないほどのひどい目眩に襲われていた。呼吸は次第に浅く速くなっていく。何より股間《こかん》が痛いくらい硬く張り詰め、制服のズボンを押し上げていた。

「はっ……あっ……っ……」

真っ直ぐ歩き続けることができず、深月はよろよろと細い路地に入った。存在すら意識したことのなかった乳首が下着代わりのTシャツに擦《こす》れるたび、そこからツンと甘い痺《しび》れが広がる。奥歯を嚙《か》み締めていないと声を上げてしまいそうだった。

――今すぐ擦って出してしまいたい。

それは想像していたより何倍も強烈な衝動だった。

「あ……あぁ……」

股間が痛い。じんじんする。勃起した深月の先端からは蜜《みつ》が溢《あふ》れ、いつの間にかズボンに卑猥な染みを作っていた。それだけではない、排泄器官であるはずの後ろの孔《あな》がじっとりと濡《ぬ》れてくるのがわかった。

「そうだ、抑制剤、飲まなくちゃ」

思春期を迎えた頃から、突然目覚めを迎えた時のために常に抑制剤を持ち歩いていた。鞄の中をごそごそと掻き回すが、手が震えて上手く探し出せない。そうこうしている間にも後孔の疼きがひどくなってくる。指を突っ込んで掻き回したい衝動に駆られた。

――早くしないと……。

こんな状態では家まではとても帰れない。駅のトイレに辿り着くことすらできそうにない。

「あ……ひっ……」

身悶《みもだ》えしたくなるような感覚が絶えず襲ってくる。

「あ……あった」

ようやく鞄の底に入れておいた抑制剤を探り当てた。震える手でパッケージを開けようとしたその時だ。

「なあ、なんかいい匂いしね？」

「匂い？　別になんもしねえけど？」

「いや、匂う。なんかこう、嗅いだことのないようなすげーいい匂いが……」

声が近づいてくる。若い男の声だ。マズイ、逃げろと本能が叫ぶのに、身体が思うように動かない。深月は這うように建物と壁の隙間に身を潜めたが、すぐに見つかってしまう。

「おい、誰かいるぞ、リュウ」

足音が近づいてきて、止まった。

「おい、そんなところで何してんだ」

深月と同じ年ごろの少年が三人、顔を覗かせた。近所にあるあまり評判のよくない高校の制服を着ている。ひとりは耳にピアスをし、もうひとりはスキンヘッドだった。

「こいつN高だぜ」と耳ピアスが下卑た笑いを漏らす。

「へえ、エリートじゃん」とスキンヘッドが応える。

「超頭いいエリート坊ちゃんが、こんなところでかくれんぼ？」

「しかもひとりで。なんかワケアリっぽいなあ」

下卑た笑いを漏らすふたりをよそに、ひとりだけ体格のいい男が顔を近づけてきた。

「お前か、匂いの元は」

呼気から煙草の匂いがした。

「さっきから匂い匂いって、なんにも匂わねえぜ？　リュウ」

「お前らにはわかんねえだろう。ベータだからな」

「ってことは……」

耳ピアスとスキンヘッドが顔を見合わせる。深月はぎゅっと目を閉じた。

「こいつはオメガだ。俺の——餌《えさ》だ」

リュウが喉奥を鳴らすゴクリという音がはっきりと聞こえた。

手のひらから抑制剤が落ちた。

それからのことを、深月ははっきりと覚えていない。記憶に残すことを脳が拒否したのかもしれない。近くの廃墟に連れ込まれて、制服をむしり取られて生まれたままの姿にされ、三人がかりで乱暴された。特にリュウと呼ばれていた少年の凌辱《りょうじょく》は凄《すさ》まじく、他のふたりを押しのけ何度も深月の中を汚した。

「お前の中、めちゃくちゃ気持ちいいな……なあ、俺と番にならねえか？」

遠のく意識の中、深月は必死に頭を振った。しかし渾身《こんしん》の抵抗も虚《むな》しく、リュウは深月の頸《くび》に思い切り歯を立てた。

「イ、アァァァ！」

響き渡ったのが自分の悲鳴だということすら、もうわからなくなっていた。想像を絶する恐怖と痛みの中、深月は気を失った。

目を覚ました時、深月は病院のベッドに横たわっていた。傍らの母は瞳《ひとみ》に一瞬安堵の色を滲《にじ》ませ、すぐにその場に泣き崩れた。

数日後、剣崎の父親であり剣崎製作所社長の剣崎正臣《まさおみ》がやってきた。剣崎は仕事でしばらく海外から戻れないという。

「残念でならないよ、深月くん」

正臣は沈痛な面持ちだった。

「私は英臣に何度も進言した。深月くんに送迎車を付けるようにとね。そのたびに『深月くんにも自由が必要だ』とかなんとか反論した。自由？　そんなものがなんだというんだ。自由を尊重した結果がこれじゃないか」

正臣は悔しさを滲ませ、そこにいない息子を詰《なじ》った。

「アルファはオメガの放つフェロモンには逆らえない。それは知っているね？」

深月は「はい」と小さく頷いた。

「きみにひどいことをしたやつらを庇《かば》う気は毛頭ない。この場に引きずり出して殴りつけたい気持ちだ。けれど……そんなことをしても、きみの身に起こったことを、なかったことにすることはできない」

正臣の視線が深月の首の包帯に注がれる。母が顔を覆ったまま、ううっと低く嗚咽《おえつ》した。

「アルファに頸を噛まれたオメガは、噛んだ相手と番になる。それも知っているね？」

「……はい」

行為中にアルファがオメガの頸にあるフェロモン分泌腺《ぶんぴつせん》を噛む。それが番の儀式だ。儀式を済ませると、アルファは自分と番ったオメガの放つフェロモンにしか反応しなくなる。オメガもまた番ったアルファ以外には欲情しなくなり、ヒートもなくなる。

番の儀式は、いわば本能の契約だが万能ではない。様々な理由で互いの気持ちに変化が生ずれば、番を解除することもありうる。ただしそれは、アルファの側からしかできない。番ったオメガを半年以上（性的に）放置し、別のオメガと性交渉を持てば、その時点で番は解除される。

番ったアルファに捨てられたオメガは「捨てられオメガ」と呼ばれ、二度と誰かと番うことは叶《かな》わない。それだけではない、忌まわしいヒートが再発するのだ。「捨てられオメガ」は生涯に亘って抑制剤を飲みながら、世の大多数であるベータに擬態して生きていくことになる。中には抑制剤を拒み、ヒートを逆手に取って身体を売るオメガも、ごく少数だが存在する。

「たとえそれが自分をレイプした憎い相手であろうと、金輪際顔を合わせることのない相手であろうと、きみはその男と番になるんだ。可哀そうだが」

母の嗚咽が大きくなる。

「残念だが、きみを英臣の嫁として……剣崎家の跡取りを産む嫁として、迎えるわけにはいかない」

婚約破棄。つまり破談ということらしい。

正臣が去っていく足音を聞きながら、深月は不思議な落ち着きの中にいた。優秀なアルファを産むため、その一点だけのために剣崎と婚約した。唯一の目的が果たせない身体になったのだから、破談になるのも仕方ないことだと、どこか冷静に考えていた。

同時に、以前剣崎が苦笑交じりに言っていたことを思い出していた。うちの親父は自分がこうと決めたら誰が何を言っても耳を貸さない、超がつくワンマンなんだと。

この破談も、剣崎本人の意思ではないのかもしれない。絶対的権力を持つ父親・正臣の独断で決められたことなのかもしれないが、それならそれで仕方がないと、ひどく淡々と考えている自分に、深月は少なからず驚いていた。

輪姦されたことはもちろんショックだった。立ち直るには時間がかかりそうだとは思ったけれど、反面、心の片隅でホッとしていたのも事実だった。オメガという残酷で理不尽な性から自由になれた。破談を言い渡された瞬間、深月の心に芽生えたのは、衝撃と同じくらい強い解放感だった。

リュウは深月の顔も、名前すらも知らなかった。深月と金輪際顔を合わせることはないとわかっているだろう。彼は間違いなくこの番を解除する。つまり深月は自ら行動を起こさずとも、半年後にはリュウから自由になれるというわけだ。

その時の深月にとって、たった十七歳で「捨てられオメガ」になってしまった絶望と、突如降って湧いた自由は、同じくらい大きなものだった。

ただ退院間際に担当医から、自分のヒートが四週間に一度というありえないサイクルだと告げられた時は、衝撃に打ちひしがれた。ベッドに丸まって涙が涸《か》れるほど泣いた。死んだ方がマシだとさえ思った。けれど一週間もすると「たった一度の人生をこんなことで狂わされてたまるか」という憤りにも似た感情が、心の奥からふつふつと芽生えてきた。

自分は何も悪いことなどしていない。ヒートのたびに抑制剤さえ飲めば——人より強い薬を多量に服用することになったとしても——表面上はベータとして生きていけるのだ。

まだ十七歳。人生はこれからなのだ。深月は涙を拭《ふ》いた。

退院を待って高校を中退し、母の故郷である関東の町へ引っ越すことを決めた。事件のことを誰も知らない町で心と身体の傷を癒しながら、一歩ずつでもいいから夢に向かって歩き出そうと決めたのだ。

引っ越しの日は誰にも知らせていなかったから、駅に天久保が現れた時は少し驚いた。

「俺のものになりませんか？」

真っ直ぐな瞳で尋ねる天久保に、どう答えていいのかわからず、つい冗談で返した。

「薔薇百万本と……百億円持ってきたら、考えてやってもいい」

そんな途方もない冗談を、よもや真に受けるとは思いもしなかった。

アルバイト漬けの日々を送り、商店街の外れに甘味処『まめすけ』をオープンしたのは今から五年前のことだった。事件から八年が経ち、高校生だった深月は二十五歳になっていた。古ぼけた小さな甘味処を訪れるのは地元のお婆《ばあ》ちゃん方が中心で、正直なところ大繁盛とは言い難い。赤字を出さないのがやっとという有様だけれど、それでも深月は幸せだった。

誰のためでもない自分の人生を、自分の力で歩んでいる。

それだけで生きている価値があると思えた。

ただひとつ心残りだったのは、『まめすけ』をオープンする一年前に、母が他界してしまったことだ。元々病弱だった母は、事件をきっかけにますます弱くなり、徐々に床に伏しがちになっていった。『まめすけ』オープンが現実味を帯びてきたある日、風邪をこじらせて入院し、そのまま呆気なく旅立ってしまった。

何気ない毎日が幸せだと感じる時、母の寂しげな笑顔を思い出す。

寝室の隅の仏壇に手を合わせる時、母の声が聞こえるような気がするのだ。

深月、私の分まで幸せになりなさいね、と。

「恋人がね、七人いるらしいのよ。でもま、あのルックスだものね。さもありなんよねぇ」

「あら、先月の週刊男女には九人って書いてあったわよ」

「本当に？　じゃあ大企業のお嬢様と婚約しているって話は？」

「その情報古い古い。最新号の女性マガジンの特集記事は『恋に年齢は関係ない』っていう見出しだったわよ」

「あらやだ、もしかして年上もＯＫってことかしら」

「あらま、どうしましょう」

「いやあねぇ、年上って言っても限度があるでしょ」

「それもそうよね」

おほほほほ、と三人の老女が一斉に高らかな笑い声をあげた。

カウンターの内側であんみつに生クリームを絞りながら、深月は頬を引き攣《つ》らせた。いつも贔屓《ひいき》にしてくれている商店街のおばちゃま方……もとい美熟女の皆さま方は、今日も今日とて賑《にぎ》やかだ。姦《かしま》しいという漢字を思いついた人は天才だと深月は思う。

「お待たせしました。白玉フルーツあんみつの方は」

「はーい、私です」

一番年かさの女性が手を上げる。残りのふたりはスペシャルクリームあんみつだ。それぞれのあんみつを配りながら、テーブルの隅の雑誌にちらりと視線を飛ばす。

週刊ひそひそ。芸能ゴシップ誌だ。表紙には『天久保尊　突然の失踪！』という大きな見出しが躍っている。

「ねえ店長さん、新しいアルバイトが入ったんですって？」

天久保が居ついて一週間。『まめすけ』に皿洗い専門のアルバイトが入ったという噂は常連客の間に徐々に浸透していた。

「ええ。高校の後輩なんです」

女性たちの視線がカウンターの奥、プライベートスペースへ続く通路へと注がれる。通路の隅に設えられたシンクから、カチャカチャと皿を洗う音がする。そこに立っている男の正体を知ったら、女性たちはひっくり返るに違いない。

「急に仕事をやめちゃったみたいで。仕方ないんでしばらく置いてやることにしたんです」

「あらまあ、そうなの」

女性たちが首を伸ばして新顔を確認しようとする。

「すみません。あいつ、尋常じゃなくあがり症なんですよ。知らない人の前に出ると卒倒するんです。もう少し慣れたら挨拶させますね」

近日中に追い出すつもりなので、天久保が彼女たちに挨拶する日は来ないだろう。深月は笑顔を絶やさず「ごゆっくりどうぞ」と一礼し、ゆっくりと踵を返した。

すぐさま噂話が再開する。

「私ね、思うんだけど、尊クンって、実はものすごく一途《いちず》なんじゃないかしら」

「女が九人もいるのに？」

「証拠があるわけじゃないでしょ？　あれはひとりの女に執着するタイプの顔よ、絶対。若い頃、十年近く私につきまとった男に似てるのよ、人相が」

「まあ、とっても情熱的な男性ね」

「でしょう？　引っ越しても引っ越しても、調べ上げてついてきたの。諦めが悪いのよね」

白玉をハムハムしながら女性はうっとりと微笑むが、深月は背筋がぞっとした。

それ情熱的ちゃう！　ストーカーや！　と喉まで出かかったのだが。

「それが今の夫なんだから、人生ってわからないわよねえ――あら店長さん大丈夫？」

手にした皿を思わずカウンターに落としてしまった。

「あっ、はい、大丈夫です。すみません」

「部長、大丈夫ですか？」

顔を出そうとした天久保の無駄にデカい身体を、全力で押し返し囁いた。

「出てくるなって、なんべん言ったらわかるんだっ」

「怪我はありませんか」

「ない。てか割れてないから皿。絶対こっちに顔出すなよ。いいな」

シンクに戻れと顎で指すと、天久保はちょっと不服そうに肩を竦め、皿洗いを再開した。

一緒に暮らし始めてわかったのだが、意外にも天久保は几帳面《きちょうめん》でマメで迷惑なくらい心配性だった。頼んでもいないのに何年も切れたままにしてあった階段の蛍光灯をＬＥＤライトに取り換え、ついでに『夜トイレに下りる時、足を踏み外したら危ないでしょう』と足元照明まで取り付けた。どこの工務店だという丁寧な施工だった。

襖《ふすま》の滑りをよくし、水垢《みずあか》だらけだったキッチンをピカピカに磨き上げ、冷蔵庫の中で熟成されていた賞味期限切れの食品をすべて処分した。『間違えて食べてお腹を壊したらどうするんですか』と子供みたいに叱《しか》られた。お前はおれのお母さんですかと聞くと『おむつ替えてあげましょうか』とニヤニヤするので視線で瞬殺した。

たいして忙しくもない甘味処の皿洗いなど三日で飽きるだろうと思ったのに、予想に反して天久保は日々かいがいしく深月の身の回りの世話をこなしている。何が楽しいのか鼻歌など歌いながら掃除をしているところを見ると、なんとも微妙な気分になる。

――まあ、好きでやってるならいいんだけどさ。

朝起きると誰かの気配のある暮らし。おはよう、おやすみを言う相手がいる暮らし。突如訪れた「ひとりじゃない生活」に少しずつ慣れ、あろうことか心地よさを覚えている自分がいる。呆れるほどの順応性の高さに、深月はひっそり戸惑っていた。

姦しい女性たちが帰ると、店内は途端に静寂に包まれた。深月はのんびりとテーブルを片付け、彼女たちが読んでいた雑誌をコーナーラックに戻した。

女性週刊誌やファッション誌の中に、テニス雑誌のバックナンバーが一冊だけ混じっている。半年くらい前に夏海が寄付してくれたものだ。

他に客はいない。午後七時前。夏海はサークルの飲み会らしく一時間ほど前に上がった。いつの間にか日はすっかり落ち、通りを歩くのは帰宅を急ぐサラリーマンばかりだ。深月はテーブルにお盆を置くと、テニス雑誌を手に取り椅子に腰を下ろした。パラパラとページを捲り、当然のようにトップを飾る天久保の記事を開く。

【ウルフ天久保『手に入れたいものは、ひとつだけ』】

ウルフが手に入れたいたったひとつのものは一体何か。世の女性たちは気になるところだろう。彼が未だ手に入れておらず是が非でも我が物にしたいもの、その選択肢はふたつしかない。『世界ランキング一位の座』もしくは『日本人初のグランドスラム』だ。真実は彼の胸の内にしかない。しかしそのいずれも、さほど時間を置かず彼の手にもたらされることになるだろう――。

海外のインタビューの訳文なのだろう、淡々とした文章で世界的テニスプレーヤー・天久保尊に対する称賛が綴《つづ》られていた。

今さらながらすごいことだと思う。世界ランキング二位ということは、世界で二番目にテニスが上手いということだ。世界のテニス人口が何人なのか見当もつかないが、地球上に数《あま》多《た》いるのであろうプレーヤーの中で二位なのだ。

すごい。すごすぎる。上手い表現が見つからないが、とにかくものすごいことなのだということだけはスポーツ音痴の深月にもわかる。「お前ってマジですごいんだな」なんて、本人には絶対に言ってやらないけど。

「片づけ、手伝いましょうか」

あれほど顔を出すなと言ったのに、天久保が店舗に出てきた。

「お前——」

振り返って文句を言おうとすると、天久保が無言で時計を指さす。閉店時間を十分ばかり過ぎていた。

暖簾《のれん》をしまい、クローズドの札をかけ、出入口に鍵をかけた。天久保はその間にテーブルを片づけ、奥のシンクで本日最後の皿洗いを始めていた。

「お前、どっちが欲しいの」

その横顔に、深月は思わず問いかけた。

「どっちって?」

「お前の欲しいものって、世界ランキング一位? それともグランドスラム?」

深月は手にした雑誌をバサバサと振った。どちらも手に入れるのは最高に困難で、だからこそ最高に名誉なことだ。それが手を伸ばせば届くところにあるというに、こんなところで食器なんか洗っていていいのだろうか。

「どっちもいりません」

「嘘つけ」

「言ったでしょ、俺が手に入れたいのはあなたです。ランキングとかどうでもいいしグランドスラムなんて望んでいません。俺が欲しいのはいつだってあなただけ。あの頃も、今も、ずっと」

「…………」

ブレないと言えばかっこいい。けれど真っ直ぐすぎる生き方は、あちこちにぶつかって怪我をする。さっきチラ見したゴシップ誌には『天久保尊、実家と絶縁状態』と書かれていた。

「本気でテニスやめるなら、実家とか、行かなくていいのか」

「子供じゃないんで」

読めない表情で天久保は皿洗いを続ける。

「親と喧嘩でもしてるのか」

「気になりますか？」

「……別に」

深月がツンと顔を背《そむ》けると、天久保がクスッと笑った。

「まあそんなところです。洗い物、終わりました」

「ああ、ありがとう」

深月が洗うよりずっと早くて丁寧だ。シンクに飛んだ水滴まできれいにふき取り、天久保は「それじゃ」と階段に足をかけた。

「あのさ」

背中に声をかけると、「はい」と天久保が振り返る。

何気ない一瞬の表情が「声をかけてもらえた」という喜びと期待に溢れている。こんな三十路のおっさんの一体何がそんなにいいのか、心底謎だ。

「お前、あんこ嫌いなんだって？」

熟女の皆さまが会計の際、気になる会話をしていた。

『そうそう、尊クンはあんこが苦手らしいわよ』

『あら残念。お付き合いすることになったら、この店でデートしたかったのに』

『今どきの若い人はほら、あんみつよりパッフェなんかの方が好きなのよ』

最初の日、朝食に出した小倉トーストの小倉あんに、なかなか手をつけなかった理由がわかった。

「別に嫌いじゃありません」

「嘘つけ」

「嘘じゃありません。食わず嫌いだったんです。この間の小倉トースト、美味しかったです」

なかなか手をつけなかったけれど、最終的には完食していた。

「子供の頃、気持ち悪くなるくらい甘いあんこを食べて、ずっと苦手だったんですけど」

「うちのあんこは、甘さ控えめだからな」

深月は、「いいか」と胸を張った。

「あんこの糖度を上げれば、店は儲かるんだ。なぜなら砂糖より小豆の方が何倍も高価だからな。でもそれだとただ甘いだけのあんこになっちまう。糖度を下げれば原価は上がるけど、小豆そのものの風味を味わうことができるんだ」

あんこだけは妥協したくなかった。『まめすけ』で出しているあんこは、深月が日本中のあんこを吟味した結果「これだ！」と選んだ、京都の専門店から取り寄せている。

深月は鼻の孔を膨らませた。

「糖度の低いあんこは生豆に近い藤紫色をしている。砂糖を加熱した時に発生する焦げというか、キャラメルみたいな色がつきにくいからだ。つやつや～っとした藤紫色の輝き……おれはどんな宝石より美しいと思う」

深月はうっとりと目を閉じた。

「ちなみにお前は何あん派だ？」

「派？　あんこに派閥があるんですか」

「おれは小倉派だ。断然小倉」

小豆の粒を潰さないように炊き上げたものが粒あん。小豆を裏ごしして皮を取り除き柔らかく練ったものがこしあんだ。対して小倉あんとは大納言と呼ばれる大粒の小倉を煮て蜜に漬け混ぜたものに、こしあんを混ぜたものをいう。

「小倉って、潰したあんこですよね」

深月はチッチッと人差し指を左右に振った。

「潰しあんっていうのは、粒あんの小豆を潰して皮を取り除かないものだ。見た目が似ているからお前みたいに混同しているやつが多いけど、小倉とはまったくの別ものだ」

天久保は「へえ」と頷いてみせたが、その顔には「どうでもいい」と書かれていた。

「まったく最近の若い者は、そんなことも知らないなんて。実に嘆かわしい」

「生き生きしてますね」

「え?」

「あんこを語ってる時の部長、世界一素敵です」

「バッ……」

深月はぷいっと背中を向けた。世界一だとか素敵だとか、そんなこっ恥ずかしい台詞を自然に口にできるのは、海外暮らしが長いからだろう。

「今夜も肉焼きますけど、一緒にどうですか」

「結構だ。食事は別々だ」

最初の約束だ。自分から破るわけにはいかない。

わかりました、と天久保は階段を上がっていった。また極上サーロインを焼くのだろう。毎晩のように漂ってくる高級肉の焼ける匂いを嗅ぎながら、今夜も深月は商店街で買ってきた見切り品の総菜を食す。

——なんだろうこの敗北感は。

「でも負けない。絶対に」

深月は三割引きになっていた肉じゃがを、ガツガツと無心でかき込んだ。


その夜、慶介が突然チーズとワインを土産《みやげ》にやってきた。寿司の誘いを断ってから一週間が経っていた。連絡もなしにやってくるのは珍しいことだったが、そこは旧知の仲だ。閉店した店のカウンターに並び、早速グラスを傾けた。

幸い天久保は夜のランニングに出かけたところだった。人通りが少なくなった夜道を走るのを日課にしているのだ。世界のてっぺんにいたアスリートにとって、身体を動かすことは息をすることに等しいのだろう。

【急に客が来た。悪いけど遠回りしてきてくれ。二時間くらい】

深月の送った身勝手なメッセージに、天久保は【わかりました】と素直な返事をよこした。

「スペシャルクリームあんみつ抹茶アイス載せ、作ろうか？」

「次回にするよ。今夜は飲もう」

慶介は携えてきたワインを開けた。

「で、その後体調はどうなんだ」

「うん、大丈夫みたいだ」

笑顔で答えると、慶介は「そうか」と安堵したように頷いた。深月は心の底を見透かされないように、そっと視線を逸らした。

天久保が現れた日、強い性欲に衝き動かされて自慰をした。その夜を機に、深月の自慰の頻度は確実に高まっていた。それまでは週に一度か二度だったのに、一日おきに抜かなくてはならなくなった。どんどんペースが短くなったらどうしようと心配したが、幸いにもそうはならず、今のところは一日おきで落ち着いている。三十歳の成人男子としては、おそらく普通の範囲内だろう。

ただ不安の種もある。狭い家の中で、時折天久保と接触することがある。廊下ですれ違う一瞬、キッチンで入れ違う一瞬——一秒にも満たない接触なのに、心臓が必ずドクンと強く打つ。身体の芯がじわりと熱を持つような感覚が、なんとなく恐ろしかった。

俺のものになりませんかなどと言ったわりに、天久保は一線を越えるような素振りを見せることはなかった。それどころか極力深月と触れ合わないように、気を遣っているようにさえ思えた。すれ違いざまに手と手が触れ合った時など、ハッとしたように『すみません』と深月から離れる。まるで深月の不安を感じ取っているかのように――。

「このチーズ、珍しいやつなんだ。日本じゃなかなか手に入らないらしい」

慶介の声に我に返った。

「そうなのか？　どれどれ――あ、美味い」

口に入れた瞬間にとろりととろける。食感はなめらかで味にクセがない。深月の好きな味だった。

「うん。すごく美味しい」

チーズを頬張ったままワインを含み、「よかった」と笑うと慶介の眦がわずかに下がる。

「これはあんこに合う。絶対に」

長年の勘があんことの相性・九十八パーセントとはじき出した。慶介はげんなりと眉根を寄せた。

「お前の『美味しい』の基準はあんこに合うかどうかなのか」

「職業病だ」

「かなり特殊な病だ」

「そして不治の病だ。ていうかこれ、本当に美味いな。どこで売ってるんだ」

「クリニックの近くに新しくできた輸入食品の店だ。また買ってきてやるよ」

「へえ、やっぱ東京は違うな。次々と新しい店ができる。羨ましい」

「とかなんとか言いながら、結構気に入っているんじゃないのか？　この平凡な商店街が」

「……まあな」

グラスを唇の当てたまま、深月はふふっと笑った。慶介にはわかっているのだろう。地味だ田舎だとぼやきつつ、深月がこの町にすっかり馴染《なじ》んでいることに。

「深月」

「ん〜？」

酒は嫌いではないが、あまり強くはない。グラス一杯でほろ酔いになった深月は、隣の慶介をのろりと振り返った。

「お前ほんと、すぐに赤くなるな」

慶介が苦笑する。その視線はほんの少し、いつもより甘い気がする。

「仕方ないだろ。体質なんだから」

「そうだな。あのな、今夜は、ちょっと話したいことがあって来たんだ」

「話したいこと？　なんだよあらたまって」

「うん……実はな」

慶介が神妙な面持ちでグラスをカウンターに置いた時だ。

プライベート用の玄関の扉がガラリと開く音がした。

――あいつ……。

二時間どころか、まだ三十分も経っていない。いつもは軽く一時間以上走ってくるのに。

「来客？　……じゃなさそうだな、その顔は」

慶介が深月の横顔を覗き込む。さぞかし渋い表情になっていることだろう。

慶介は勘が鋭い。下手にごまかそうとすれば容赦なく矛盾点を突いてくる。一時のことと
はいえ、超のつく有名人と同居しているこの現状を、理由もなく納得するとは思えない。

「慶介、実は――」

深月が事情を話そうとした時だ。カウンターの奥の通路から天久保が店に入ってきた。

「ただいま、部長。あれ、お客さんとは珍しい」

首にかけたタオルで汗を拭《ぬぐ》いながら、ちらりと慶介に視線をやった。

――何が「お客さんとは」だ。

わかりましたと返信したくせに。来客だと知りわざと急いで戻ってきたのだ。涼しい表情
の天久保を、深月はキッと睨みつけた。

「天久保尊……が、どうしてここに？」

慶介の怜悧な瞳が大きく見開かれる。滅多に表情を変えない男が心の底から驚いている。

「あのな、慶介、これにはちょっとややこしい事情があってだな」

あわあわと取りなそうとする深月を、天久保がいきなり遮った。

「お久しぶりです、菅谷さん」

「へっ？」

深月は素《す》っ頓狂《とんきょう》な声を上げた。慶介が天久保を知っているのは当然だが、なぜ天久保が慶介を認識しているのだろう――と、首を傾げたところで突然思い出した。

そうだ。すっかり失念していたが、ふたりは同じ高校に通っていたのだ。天久保は二年生の春、テニスに専念するために渡米した。学年は違うし、ふたりが一緒に通っていた期間は一年ほどだが、慶介の卒業まで天久保はあの高校に在籍していた。

三年間学年一位の秀才と、テニスでは向かうところ敵なしの天才。面識があったとしても不思議ではない。

天久保がゆっくりとカウンターの中から出てくる。手にしていたミネラルウォーターのボトルを近くのテーブルに置くと、にやりと不敵に口元を歪《ゆが》めた。

「卒業式の答辞、素晴らしかったです」

卒業式で慶介が答辞を読んだことを、深月は今初めて知った。それを天久保の口から聞かされるとは、なんとも摩訶《まか》不思議な状況だ。

「世界ランキング二位のテニスプレーヤーがなぜここに？」

あっという間に普段の怜悧な表情に戻った慶介が、斜め後ろの天久保に低い声で尋ねた。

「そういえば先週、週刊誌に出ていたな。引退するのしないのと」

「慶介、ちょっと聞いて――」

「ええ。引退します。諸々《もろもろ》の根回しが済んだら正式に記者会見します」

「怪我でもしたのか」

「慶介、おれから説明を――」

「いいえ。この通りピンピンしています」

「じゃあなぜ引退を?」

「この町で入江部長と暮らすためです」

「天久保!」

深月は思わずスツールから飛び降り、ふたりの中間に立った。

慶介はスツールに腰掛けたまま首を捻《ひね》り、射んばかりの視線を天久保に向けている。

――もしかしてこれ、一触即発ってやつ?

腋に嫌な汗が流れた。

「あのな、慶介――」

「今、なんと言った」

慶介は間に立つ深月を、完全にスルーしている。

「ご存じなかったんですか、菅谷さん。俺たちここで一緒に暮らしているんです」

「天久保！　何バカなことを――」

「そうなのか、深月」

慶介の胡乱《うろん》な視線が、ゆっくりと深月に向けられる。

「ち、違うに決まってるだろ」

「違いませんよ」

「どっちなんだ」

「おれはっ――」

「入江部長が俺と一緒に暮らしたいと言うので」

「い、いい加減なことを言うな！」

思わず天久保の胸をドンと突いた。

「嘘八百並べてんじゃないよ！　おれがいつお前と暮らしたいなんて言った！　可愛い夏海のたっての願いだから、仕方なく居候させてやってるだけだろ！」

「居候させているのか」

「あ……」

「同居していることを認めるんだな？　深月」

「…………」

深月はがっくりと項垂れ、地面に穴の開きそうな、大きなため息をついた。

十三年前の口約束、互いの認識の違い、そして予想外の再会。深月が経緯を話すのを、慶介は黙って聞いていた。

「なるほど。部長というのは理科部の部長のことか。なんのプレーかと思った」

「………………」

あの時の自分の反応は、やはりごく一般的なものだったようだ。

「つまり深月は、冗談で『百億くれたら付き合ってもいい』と言った」

「そう。ほんの冗談だったんだ」

「それをこのバ……天久保くんは真に受けて、せっかく世界二位まで上り詰めたテニスをやめて、のこのことお前の前に現れた、と」

「付き合うんじゃなくて、俺のものになるって約束です」

天久保がムッとしたように言い返した。

「同じだろ」

「全然違います」

「どちらにしても深月は迷惑している。そして深月はモノじゃない。誰のものにもならない。そうだろ？　深月」

深月は首がもげるほどぶんぶんと頷いた。

「そうだ。おれはモノじゃない。誰のものにもならない」

「言葉の綾です。細かいことはどうでもいいでしょ。こういうのはふたりの気持ちが大事なんです。あなたは俺と一緒に暮らすことを許してくれた。俺の気持ちを受け入れてくれた。今はそれだけでいいんです」

ふたりの気持ち？　許してくれた？　受け入れてくれた？

深月はぐらりと目眩を覚えた。やはり天久保は地球の生物ではないようだ。同じ空間で同じ時間を過ごしても、物事の認識に越えられない壁がある。ありすぎる。

「深月は一緒に暮らすことを許したわけじゃないだろ。夏海くんに懇願されて、仕方なくしばらく居候させてやることにしただけ。そうだろ？　深月」

「そうそうそう。その通り」

さすが付き合いが長いだけあって慶介はよくわかっている。何より自分と同じ「人間」だ。無二の親友は呆れ顔で眉間に手をあて「話にならない」と首を振った。

「天久保くん、悪いけど席を外してくれないか」

「どうしてですか」

「深月とふたりで話が――」

「お断りします」

皆まで聞き終わる前に、天久保は答えを突きつけた。好戦的な態度に、慶介も負けてはいなかった。

「ならここにいればいい。深月、ちょっと外に出よう」

「……え」

慶介はスツールから立ち上がると、戸惑う深月の右の手首を取った。

すかさず天久保が左の二の腕を掴む。

「部長に気安く触らないでいただけませんか」

「残念ながら俺は深月の主治医でね。触らずに診察するのは難しい」

「今は診察中じゃないでしょう。それにここは診察室じゃありません」

慶介が天久保を睨み上げる。天久保も視線を逸らさない。バチバチと火花の散る音が聞こえそうだった。

「きみは深月の何を知っているというんだ。きみが知っているのはこいつが理科部の部長だったほんの一時期のことだけだろう。あれから十三年も経っているんだぞ」

「あなたこそたまに診察をするだけで、今の部長のすべてを知っている気になってるんですか?」

「なんだと」

「少なくとも俺は、今日一日の部長を知っています。朝食は小倉トーストとアイスミルクティーでした。二分遅刻してきた夏海を『許容範囲だ』と笑顔で許してやり、道を尋ねて入ってきたお爺《じい》さんを家まで送ってやりました。午後には近所の小学生がふたりランドセルを背負ったままやってきて、部長はなぜかとても嬉しそうに自腹でパフェをご馳走していました。『もう喧嘩するなよ』って、ふたりの頭をくりくりなでてやって……俺は生まれて初めて小学生に本気で嫉妬《しっと》しました。何をしていてもしていなくてもこの人は……部長は、とてつもなく可愛い」

「かっ……」

頬がかあっと熱くなる。三十路の男に可愛いなんて、本気で言っているのならいっぺん死んだ方がいい。羞恥に悶絶する深月の横で、慶介は奥歯をぎりっと鳴らした。すこぶる機嫌が悪い時の癖だ。

「お前が深月をどう評価しようが知ったことではない。行こう、深月」

「行かせませんよ」

慶介に右腕を引かれ、深月はたたらを踏む。

男にしては細い二の腕に、天久保の指が食い込む。

「っ……」

痛みを覚えるほどの強さに、握られた場所がじんと熱を覚える。

——これが天久保の体温……。

不意に胸がドクンと鳴った。

「天久保くん、子供みたいな真似はよせ」

「その言葉、そっくりそのままあなたに返しますよ、菅谷さん」

「手を放せ。深月が痛がっているじゃないか」

「放すのはあなたでしょ」

頭の上でバチバチと火花が散る。慶介がぐいっと右腕を引く。するともっと強い力で天久保が左腕を引っ張る。

——なんだっけこういうの。水戸黄門だっけ……。

違う、大岡裁きだ。子供が痛がるのが可哀想で手を放した方が本物の母親だという……。しかしふたりはどちらも深月の母親ではない。どうにかしなくてはと考えつつ、深月は左右の腕に感じる温度の違いに戸惑っていた。

慶介は深月の手首を軽く握っているだけだ。振り払おうとすれば振り払えるだろうし、放してくれと言えばすぐに解放してくれるだろう。いつだってどんな時だって深月の意思を尊重してくれる。だから長年親友として付き合ってこられたのだ。

対して天久保の摑み方には容赦がない。振り払おうとすれば、身体ごと簡単に搦《から》め捕《と》られてしまうだろう。放してくれと懇願しても簡単には聞き入れてはくれまい。

深月の意思など関係ない。捕らえた獲物は絶対に放さない。

シャツの布越しに、そんな荒々しい熱量が伝わってきた。

「慶介、ごめん。今日は帰ってくれ」

「深月……」

よもやの決断に慶介が目を眇めた。その瞳は「信じられない」と言いたげに揺れていた。

当たり前だ。深月自身、自分の判断が信じられない。

「そういうことだ。さっさとお帰りください」

勝ち誇ったように、天久保がにやりとする。

「もたもたしていると、後頭部にサーブぶち込みますよ」

「天久保うるさい。黙ってろ」

キッと睨み上げると、二の腕を掴む力が一瞬緩んだ。その隙に天久保の手を振り払う。

それを見て、慶介も深月の右手を解放した。

「悪いな、慶介」

「お前がそう言うなら仕方がない」

「また連絡する」

わかった、と小さく頷き、慶介は帰っていった。どこか寂しげな親友の背中を見送ると、我知らず大きなため息が漏れた。

カウンターに並ぶ飲みかけのワイングラスを見て、慶介が「話したいことがある」と言っていたのを思い出した。こんな時間にわざわざ手土産まで用意してやって来たのだから、それなりに大切な話だったに違いない。

「部長、上で飲み直しませんか」

「なんであんなこと言ったんだ」

誘いには応えず、天久保を睨んだ。

「あんなこと？」

「一緒に暮らしているとか、おれがそうしたいと言ったとか。なんであんな嘘をついたんだ」

「ああ、あれは」

喉が渇いたのだろう、天久保はテーブルに置いたペットボトルを掴み、半分残っていたミネラルウォーターを一気に飲み干した。ゴクリ、ゴクリと上下する喉仏を見せつけられている気がして、深月は慌てて視線を逸らした。

「試合初《しょ》っ端《ぱな》のファーストサーブって、かなり大事なんです」

「は？」

「狙い通りにビシッと決めて、相手に『あ、こいつ今日調子いいな』と思わせる。心理的に有利に試合を運べるんです」

天久保は空のボトルをラケットに見立て、頭上からシュッと振り下ろした。

「それに嘘はついていません。百億持ってきたら俺のものになるって、あなたは言った」

「おれは『考えてもいい』と言っただけだ」

「じゃあ、ちゃんと考えてください」

深月はふつふつと湧き上がってくる怒りをこらえるために、拳《こぶし》を強く握りしめた。

「一体全体、お前はおれをどうしたいんだ」

今度は天久保が「は？」と首を傾げた。

「どうしたいって、俺のものになってもらいたいって、何度も言っているじゃないですか」

「だったらどうして……」

深月は言い澱む。自分からこんな話をするのは、断じて本意ではない。

「どうして……何もしないんだ」

自分のものにしたいというのは、そういう意味なのだろう。なのにこの二週間近く、天久保は何も行動を起こさない。それどころか極力不用意な接触を避けようとしているようにも感じられる。大仰《おおぎょう》な宣言をしたくせに、その言動はちぐはぐだ。

アルファとの接触によって抑制剤が効かなくなり、ヒートが再発してしまうことを深月は恐れている。ひっそりと抱《いだ》いている不安に、もしかすると天久保は気づいているのではないだろうか。俺のものになれなどと不遜《ふそん》なことを言いながら力ずくでモノにしようとしないのは、天久保が深月の憂慮を——深月がオメガであると知っているからではないのだろうか。

「これでも一応ジェントルマンなんで」

高校の先輩に向かって「後頭部にサーブぶち込む」などと物騒な発言をするジェントルマンがどこにいるというのだ。世界中のジェントルマンに謝罪しろ。

「何かしても、いいんですか」

深月は慌てて首を振る。

「そういうことを言っているんじゃない」

「だからです」

「……え」

「俺があなたのことを好きなのと同じくらい、俺のことも好きになってほしいんです。ちゃんと恋愛をしたい人間が、薔薇一万本と共に現れるだろうか。眉を顰《ひそ》めて見上げた天久保はしかし、怖いくらい真顔だった。

「お前、そんな中坊みたいなこと考えてたのか」

どんな反応をすればいいのかわからずに茶化してみたが、天久保は真剣な顔のまま「はい」とはっきり頷いた。

「その顔で」

「顔のことを言われても。ていうか俺、あなたにはどんなふうに見えているんですか」

「獲物を前に舌なめずりしてる、はらぺこの狼」

真面目に答えたのに、天久保は「ひどいな」と小さく噴き出した。

「まあ心境的には、中《あた》らずと雖《いえど》も遠からずですかね。お許しが出たようなので、遠慮なく舌なめずりさせていただきます」

わざとらしく唇を舐めながら、天久保が近づいてくる。

「ゆ、許してないっ」

挑発だとわかっているのに、ドクドクと鼓動を高まらせてしまう自分のチョロさに呆れる。

「許してくださいよ。本音言うと、牙《きば》を隠すの、そろそろ限界なんですよね」

牙、と天久保は言った。意図したことなのか偶然なのかはわからないが、目の前に迫《せま》ってくる男がアルファであることを、強く意識してしまう。

「あなたに近づく男は、誰だろうと許さない」

一歩二歩、天久保が近づいてくる。

狭い店の中で後ずさりした深月は、あっという間に壁際まで追いつめられる。

「あ、天久保、ちょっと、近いっ、顔……」

「あいつとは、肩がくっつくくらい近づいて酒飲んでましたよね」

「慶介は……あいつはおれの、たったひとりの親友だ」

「あっちはそう思っていないかもしれません」

「何をバカなことを……」

慶介との間を邪推するなど、愚かしいにもほどがある。

オメガゆえの憂鬱を抱えて昼休みさえ屋上でひとり過ごす深月と、学年一位の秀才で友達も多かった慶介。時々数学の課題を一緒に解いたりすることはあったが、特別親しかったわけではなかった。あの忌まわしい事件が起きるまでは。

事件の日、病院に搬送される救急車の中で一瞬目を覚ました深月は、誰かが手を握ってくれていることに気づいた。そっと目を開けると、制服姿の慶介が付き添ってくれていた。すぐにまた意識が途切れてしまったので、事情を知ったのは一週間後のことだった。

早退すると言って教室を出た深月の様子があまりにもおかしかったので、心配になった慶介は後を追った。ところが家の呼び鈴を鳴らしても誰も出ない。どこで入れ違いになったのだろうと、通学路を戻ったのだという。おそらくそこで他校の不良グループに輪姦されている深月を発見したのだろう。

見舞いに来てくれた慶介は、事件について何も語らなかった。ただひと言『生きていてくれてよかった』と涙ぐんで呟いた。そのくぐもった声に、深月は事件の後初めて声を上げて泣くことができたのだった。

「誰も彼もが、お前と同じケダモノだと思うな」

「男なんて、ひと皮剝《む》いたらみんな狼です」

天久保がドンッと壁に両手をつく。いきなりの壁ドンに、深月はびくんと身を竦ませた。

「や、めろ……」

「嫌だと言ったら？」

ゆっくりと、しかし確実に顔が近づいてくる。その瞳の奥にある熱が深月を怯えさせた。

「ダメだ……」

本能が「イケナイ」と訴えている。警鐘は鳴り続けているのに、視線で射止められたように身体が動かない。下腹の深い部分がぞくぞくと疼く。

「あの男とふたりきりで会わないと約束してください」

「離れろ、天久保……」

ドクドクと鼓動が激しく鼓膜を打つ。呼吸は浅くなり、膝《ひざ》が微かに戦慄《わなな》き出した。

直接身体が触れているわけでもないのに、天久保の吐息は空気を震わせ、頬や首筋の産毛を擽《くすぐ》られているような気分になる。

「約束してください」

耳元で囁かれ、思わず「あっ」と短い声を上げてしまう。まるで感じてしまったような反応に、羞恥が込み上げる。

「そんな声出されたら……離れられるはずがないでしょ」

唇が近づいてくる。

「部長……」

吐息に混ぜた囁きが、深月の深い部分を刺激した。

——……ダメだっ！

深月は渾身《こんしん》の力で天久保の胸を突くと、間髪を入れずその頬を平手で張った。パシンと乾いた音が、静かな店内に響く。

「ふ、ふざけるなっ！」

みっともなく声が震える。天久保は張られた頬を押さえることもなく口元を歪ませた。俯き加減の表情は笑っているようにも怒っているようにも見える。

「痛いじゃないですか」

「みょ、妙な真似したら、たっ、叩き出すぞ」

「妙な真似？　俺はあなたを自分のものにすると言った。あなたはそれを承知で俺をここに置いている。今さら妙な真似もないでしょ」

「く……」

悔しいけれど何も言い返せなかった。百パーセント天久保の言う通りだ。いつから自分はこんな腰抜けになったのだろう。この店の、この家の主は自分なのだ。そう、「今すぐ出ていけ」と怒鳴りつけてやればいいのだ。

「今すぐ出て――」

「嫌です」

「百年待とうが千年待とうが、おれはお前のことを好きになったり」

「しますよ。必ず。俺がさせてみせます」

人の話を最後まで聞かないことにかけても、天久保は世界レベルの天才だった。

「少しは俺のことを知る努力をしてください」

「はあ～？」

なぜおれが努力をしなくちゃならないんだ。勝手に押しかけてきて、勝手に居ついて、勝手に好き勝手ぬかしやがって。ありとあらゆる罵詈雑言《ばりぞうごん》が頭の中をぐるぐる回る。

「まあ努力しなくてもそのうち俺のいない暮らしなんて、考えられなくなると思いますよ」

「………」

からかわれているのならまだよかったのかもしれない。どこまでも真剣な眼差《まなざ》しで告げる天久保に、深月は脱力するしかなかった。

「とにかくあの男とは近づかないでください」

「断る」

後に母から聞かされた話によると、連絡を受けた近所の交番の警察官が駆けつけた時、犯人たちは紐《ひも》でぐるぐる巻きにされ、それぞれひどく殴られた様子だったという。あらためて尋ねたことはないが、慶介が三人をボコボコにし、警察と救急に連絡をしてくれたのだろう。

誰にも知らせなかった引っ越し先も、慶介だけには教えた。深月がオメガだと知っても、避けるどころか親身に相談に乗ってくれた。忙しいクリニックの仕事の合間を縫って、開業の力にもなってくれた。『まめすけ』の店舗は、実は慶介の遠縁の親戚が所有している物件だ。

慶介が間に入って交渉を進めてくれたのだ。

慶介はこの世でただひとり、深月が心を許すことのできる存在なのだ。

「慶介はただの親友じゃない。おれの恩人なんだ」

「……恩人？」

「そう。命の恩人だ」

天久保の瞳が一瞬、頼りなく揺らいだ。

「あいつとの関係に口を出すなら、今すぐ出て行ってもらう」

「………………」

「わかったか」

ランニングシューズの先を睨みつけている天久保に念を押したが、返事をしない。

「わかったならわかったって言えよ」

しつこく確認すると、天久保はなんとも言えない表情でぷいっと背中を向けた。

「死んでもわかりたくないですけど、ここはひとまずわかったことにしておきます」

「は？」

「もう一度走ってきます」

くるりと背を向け、天久保は玄関を出て行ってしまった。

「ひとまずって……なんだそりゃ」

ボコボコにされた試合で「今日はこれくらいにしておいてやる」と捨て台詞を残して去るようなものだ。窓の外をリズミカルな足音が遠ざかっていくのを聞きながら、深月は思わずぷっと噴き出す。反抗期の中学生のような悔し紛れの反応に、全身の緊張がふわりと解けた。

「ったく」

深月は椅子にぺたんと腰を落とした。

——あいつ、本気でキスするつもりだった。

本気で深月を自分のものにしたいと願っているらしい。

呆れるほど純真で、紳士的な手順を踏んで。

——もしも……。

考えても仕方がないことだとわかっている。それでも考えずにはいられなかった。もしもあんな事件に遭わなかったら、もしも自分が「捨てられオメガ」でなかったらと。

夏海に頼まれて仕方なく居候させることにしたが、二週間暮らしてみてよくわかった。悔しいけれど天久保は、世界的テニスプレーヤーだということを差っ引いても、十分に魅力的な男だった。自分勝手で脳筋で視野狭窄《きょうさく》で空気の読めない宇宙人だけれど、ただひたすら真っ直ぐに深月だけを見ていてくれる。全身の毛孔から「好き」を溢れさせながら、「待て」が解かれる瞬間をじっと待っている我慢強い大型犬のようだ。

野生動物のような体軀に少年のような純粋な心。そのアンバランスさにずるずると惹《ひ》かれている自分がいた。はた迷惑だと嘆息する一方で、甘ったるい「もしも」を想像してしまう。

——もしも万にひとつ、天久保と番になることができたら……。

叩いても叩いても次々と顔を出すもぐらたたきのような「もしも」に辟易《へきえき》し、深月はふるふると頭を振った。これほど無意味で残酷な空想はない。嫌というほどわかっているのに。

『部長……』

湿った囁きが蘇る。同時に下腹の深い場所が、ずくずくとまた疼き出す。

今度こそ天久保はしばらく帰ってこないだろう。深月は急いで風呂場に向かった。埋火《うずみび》のようなこの熱を吐き出してしまわなければ、今夜は眠れないような気がする。

着ているものを乱暴に脱ぎ捨てた。足首にひっかかったジーンズを抜き取るのさえもどかしかった。浴室に入るなり股間に手を伸ばす。わかってはいたけれど、そこは待ったなしの状態だった。

「……あっ……んっ……」

軽く擦っただけで先走りが溢れ出した。己の体液に塗《まみ》れた中心を右手で握りながら、左手でシャワーのコックを捻った。狭い浴室に響く水音にホッとしたのは、ねっとりとした自分の声を聞きたくなかったからだ。

「……っ……んっ……」

こらえようとしても声が漏れてしまう。こんなこと、以前はなかったのに。

――あいつが来てからだ。

頭の中で天久保を全裸にする。ウルフの異名をとる鋭い眼光、しなやかな筋肉に覆われた厚い胸板、割れた腹、引き締まった腰、きゅっと盛り上がった尻、長い手足……。まだ目にしたことのない場所までをリアルに想像して、深月の熱はひくひくと震える。

――こんなこと、ダメだ。

頭ではわかっているのにやめられない。ただの作業だった自慰は、天久保が来てから快感を求める行為に変わってしまった。そしてその変化にまったく抵抗できない自分の弱さが恐ろしかった。

――天久保……っ。

そこにない手が深月の欲望に触れる。長い指でいやらしく扱《しご》かれるところを想像した。

『部長……』

近づいてくる囁きを思い出した瞬間。

「ん……あぁっ、あっ!」

手のひらの中の熱がドクンと爆《は》ぜた。小さな爆発のような快感に、全身を貫かれる。

「……くっ……っ……」

湯の流れる床に膝から崩れ落ちた。天久保が帰ってくる前に痕跡《こんせき》を消さなければと思うのに、立ち上がることができない。甘く気だるい後悔の中で、深月はそっと目を閉じた。

週に一度の定休日。深月はサークル上がりの夏海に【焼肉奢るから来ないか】とメッセージを送った。予約を入れたのは東京の、普段は決して足を踏み入れることのない高級焼肉店だ。

「遠慮しないでどんどん食えよ、夏海」

「はい。でも大丈夫なんですか、店長」

「何が」

「だってこんな高そうなお店」

夏海が身を乗り出して囁いた。お世辞にも儲かっているとはいえない店の経済状況を、アルバイトの夏海は嫌というほど知っているのだ。

「お前に焼肉奢るくらいの余裕はあるよ。学生は余計な心配しないで黙って奢られてなさい」

ほら、と焼き上がった特上カルビを夏海の皿に載せてやった。

分不相応な焼肉店を予約したのには理由がある。我慢ならないほど猛烈に肉を食べたくなったのだ。それも高級肉を腹いっぱいに。

原因は他でもない天久保だ。毎日毎日ネット通販でアホほど高い肉を買い、ひとりで焼いて食べている。ステーキの日もある。ひとり焼肉をしている日もある。巨大なローストビーフを丸ごと平らげた日もあった。最初に一度だけ「一緒に食いませんか」と誘われたのに、依怙地《いこじ》になって断ってしまった。そのうちまた声をかけてくるだろうと内心期待しているのに、一向にその気配がない。商店街の総菜を突《つっ》く深月の横で、毎晩のように高級ステーキを貪《むさぼ》り食う。居候のくせにありえない図々しさだ。神経を疑う。

素直に「一切れくれ」と言えばいいのだが、「お前はお前。俺は俺」と宣言した手前そうもいかない。日々募るストレスが、ついに深月を高級焼肉店に走らせた。ステーキ店でもよかったのだが、夏海はステーキより焼肉が好きだ。天久保の食欲に当てられて暴走した感は否めないが、夏海への労《ねぎら》いも兼ねている。

「店長、どうぞ」

「お、ありがとう」

夏海が深月のグラスにビールを注いでくれた。天久保より百万倍気が利く。

「でも、よかったんですか？　天久保さんを誘わなくて」

「あいつは今頃もっとすっげー肉食ってるよ。お・ひ・と・り・で」

「マスコミに嗅ぎつけられたくないのはわかりますけど、昼間は一切外に出られないなんて、さすがにちょっと可哀そうですよね」

可哀そうなもんかと、深月は鼻白んだ。

夏海は天久保を神と崇《あが》め奉っている。天久保に洗剤のストックの場所を尋ねられたと言っては興奮し、落としたスプーンを拾ってもらったと言っては狂喜している。ついに昨日、天久保にラケットのガットを張り替えてもらった夏海は、感激のあまり泣きじゃくり一日中使い物にならなかった。そのラケットは今、自宅の神棚に奉ってあるらしい。

アルバイト先の甘味処に天久保が居候していることが、今でも信じられない、夢なら醒《さ》めないでほしいと夏海は言う。今でも信じられないのは深月も同感だ。悪夢ならとっとと醒めてほしい。

「嫌なら出ていけばいい。それだけのことだ」

「ダメです！　だって僕、まだサインももらってないんですから」

「くれって言えばいいじゃないか」

「そんな厚かましいこと、言えません」

殿上人にサインを求めるなど言語道断とでも言いたげだ。サインを求めるのが厚かましいなら、突然やってきて他人の家に居候する男の面の皮は一体何センチになるのか。

「すみません、ビールもう一本お願いします。あと特上カルビ二人前、追加で」

肉でも食わないとやっていられない。「少々お待ちください」と従業員が去っていくと、夏海がクスッと笑った。

「どうした」

「いえ……なんだか面白いなと思って」

「面白い？　あれは面白いというよりアタマがおかしい――」

「天久保さんじゃありません。店長ですよ」

深月は「おれ？」と目を瞬かせた。

「店長は、天久保さんのこと嫌いなんですか？」

「お前は家の屋根を突き破って突入してきた隕石を好きになれるか？」

「邪魔なら追い出せばいいじゃないですか」

痛いところを突かれ、深月は「うっ」と返答に詰まる。

「おれの態度が矛盾してるって言いたいのか」

「矛盾してるって、店長だってわかってるんじゃないですか？」

突いた上にぐりぐりされて、深月は唇を噛んだ。小動物系の可愛い顔に似合わず、夏海は時々手厳しい。

「店長、モテないわけじゃないですよね」

「モテねえよ」

「知ってますよ。たまにお客さんからデートに誘われてますよね」

「若者よ。大人の社会には社交辞令という文化があってだな」

「社交辞令じゃないってわかってるくせに、社交辞令だってことにしちゃってる。相手を傷つけないように」

深月はふたたび「うぐっ」と言葉に詰まった。今夜の夏海は、どこぞの名探偵のようだ。

「僕、店長は恋愛を避けているんだと思っていました。なのに天久保さんのことは追い出さない。不思議です」

「……………」

「まあ、店長がどっちつかずなおかげで毎日〝生ウルフ〟を拝める上に、ガットまで張り替えてもらえちゃって、僕としては感謝しかありませんけど」

夏海はカルビの横でひっそり焼けていたかぼちゃを、はむっと美味そうに食べた。

「僕、思うんですけど、店長と天久保さんって、実は『運命の番』なんじゃないですか？ほら、映画とかドラマとかに時々出てくるじゃないですか」

生来のオメガであるナチュラルオメガにだけは、生まれながらに運命づけられたアルファが存在し、出会った瞬間から強く惹かれ合うと言われている。番の儀式を交わしたふたりは生涯に亘ってどちらからも解除することのできない「永遠の番」となるが、それこそ広大な砂漠でふた粒の砂粒が出会うような、途方もない確率なのだという。

「聞いたことはあるけど、あれは都市伝説だろ」

「アメリカとロシアで二組ずつ、それからフランスとイタリアとブラジルで一組ずつ報告されているらしいですよ」

夏海はテレビで観たというドキュメンタリー番組の内容を、目を輝かせて教えてくれた。夏海は第二の性分類に詳しい。なぜなら彼もまた、深月と同じオメガだからだ。

二年前の春の夜のことだった。最寄り駅近くの飲み屋街を歩いていた深月は、路地裏から微かに聞こえてきた悲鳴に足を止めた。嫌な予感がしたのは、高校時代のあの事件が脳裏を過ったからだ。踵を返し、声のした方へ向かった。ビルとビルの間の狭い空間を覗いた深月の目に飛び込んできたのは、危惧《きぐ》した通りの光景だった。

夏海はベータとして生まれたが、大学に入学をしたばかりのその日突然オメガに転生し、最初のヒート・目覚めを迎えてしまった。心の準備もないまま狼狽《うろた》えているところを運悪く質《たち》の悪いアルファに見つかり、路地裏に連れ込まれたのだ。

衣服を破られ震えていたが、幸い身体は無事だった。深月が助けに入らなければ最悪の事態になっていたことは想像に難くない。後日、菓子折りを持って店を訪ねてきた夏海を、深月は笑顔で迎えた。

『夏海くん、よかったらうちでバイトしない？』

突然オメガだと宣告されてめちゃくちゃ落ち込んでいます。人生詰みました。お先真っ暗です――。そんな表情だった夏海が「え？」と顔を上げた。

『ちょうど大学生のバイトを探していたんだよ』

『でも僕……』

定期的にヒートが訪れるオメガは、アルバイト先を探すのにも苦労する。不安に瞳を揺らす夏海の肩に、深月はそっと手を置いた。

『何も心配しなくていい。おれもきみと同じ、オメガだから』

深月の言葉に、夏海は泣き出しそうに表情を崩したのだった。

オメガとひと口に言っても、ヒートの症状は十人十色だ。深月のように生涯飲み続けられるかどうかもわからない強力な抑制剤をハイペースで服用しなければならないオメガもいるが、夏海のヒートは三ヶ月に一度で、それもごく軽いものだという。弱めの抑制剤を三日程度服用すれば足りるらしく、ヒートが理由でバイトを休んだことは一度もない。

「万が一そんなものが本当にあるとしても、出会う確率は天文学的数字だろ」

「だからこそロマンチックなんじゃないですか」

ロマンに一切興味のない深月は、肉を頬張りながらひたすらビールを呷《あお》る。

「店長は僕と違ってナチュラルオメガです。そして天久保さんは、多分スーパーアルファですよね」

「……だろうな」

頭脳にも身体能力にも恵まれたアルファ。その中でもスーパーアルファは様々な分野で図抜けた才能を発揮する。その昔天下を取った武将、狂人と紙一重の科学者、世界記録を塗り替え続けるスポーツ選手――。ただ彼らは私生活においては往々にして異端者だ。しばしば常人の理解を超える行動を取り、周囲から迷惑がられることも少なくないと聞いている。

一万本の薔薇。あれぞまさしくスーパーアルファの特徴だ。

「報告例のアルファは、全員スーパーアルファだそうです」

「だとしてもおれには関係ない。百歩譲って『運命の番』なんてものが存在するとして、おれたちがそうだというなら、なぜおれはあいつと出会った瞬間、運命の相手だと気づかなかったんだ？　天久保だって気づいたはずだろ？」

十三年前の理科室。背後からいきなり天久保に声をかけられ、深月はカバーガラスを割った。自分たちが『運命の番』なら、ふたりともその時点で気づいたはずだ。

「それはその時、店長がまだ目覚めを迎えていなかったからです」

目覚めを迎える前のオメガは、基本的にベータと同じなのだと夏海は言った。

「ならば二週間前、あいつが店に現れた時は？　おれはあいつに何も感じなかった」

風邪気味だったのか、多少背中がぞくぞくしていたが、『運命の番』が現れた感は一切なかった。天久保もそんな素振りはまったく見せなかった。

「おれたちが『運命の番』ならとっくにどうにかなっているはずだろ。そもそもあいつは、おれがオメガだということにも気づいていないと思う」

二週間寝起きを共にして何も起きないことが、『運命の番』などではない何よりの証拠だ。

「気づいていると思いますよ、天久保さん」

「え？」

「まさか店長、気づかれていないと思っていたんですか？」

テーブルの向こう側で、夏海が呆れたように目を見開く。深月の箸《はし》から特上カルビがポトリと小皿に落ちた。

「おっと」

テーブルに落とさなくてよかった。食べ頃に焼き上がった特上カルビは、三切れで深月の一日分の食費に相当する。

「まさかおれ、フェロモン漏れてた？」

「漏れていません」

「じゃなんでわかるんだ。あいつの野生の勘とか？」

「それもあると思いますけど、ちょっと想像したらわかりますよ」

「どういうことだ」

「店長、わざわざ東京の菅谷さんのクリニックに通っていますよね」

「親友だからな」

「菅谷さんのクリニックって消化器内科ですよね。消化器内科でヒート抑制剤を扱う許可を取っているところって、すごく珍しいんですよ。調べればすぐにわかります」

そんな珍しいクリニックに、片道一時間以上かけて定期的に通っている。その理由を考えれば、答えは自ずと導き出されるということか。

「夏海、お前案外頭いいんだな」

「店長が鈍いんです。それに天久保さんとどうこうならないのは、店長のヒートが終わったばかりだからだと思います。ただ、本来ふたりが『運命の番』ならヒート時以外でも多少フェロモンを感じるらしいんですけど……」

「ほらな。だから違うんだって。おれとあいつは赤の他人だ。真っ赤っ赤の他人だ」

空のグラスを突き出す。夏海は「ちょっとペース速くないですか」と呟きながらもビールを注いでくれた。

「多分、店長が短いスパンで強い抑制剤を飲んでいるせいじゃないでしょうか」

深月のヒートが特殊な間隔であることも夏海は知っている。短いスパンで強い抑制剤を服用しているため天久保は深月のフェロモンを感じられずにいる、というのが夏海の見解だ。

「お前、どうしてもおれとあいつを『運命の番』にしたいのか」

「だって素敵じゃないですか。町で一番尊敬する店長と、世界で一番尊敬する天久保さんが『運命の番』だなんて。ドキュメンタリー映画になったら僕、ふたりの共通の知人としてぜひ出演したいです」

町で一番と世界で一番の違いに傷つきながら、深月は残りのビールを飲み干した。

天久保が嫌いかと夏海は聞く。その答えはまだ深月の中にない。恋愛経験のない、というより恋愛をあえて遠ざけて生きてきた深月は、自分の性指向すらはっきりとわからないままこの歳になってしまった。天久保尊という男に惹かれていることは事実だが、彼が恋愛の対象になり得るかと聞かれても、正直よくわからない。もし自分がゲイだとしても、それでもやっぱりわからない。

——もしも本当に、あいつとおれが『運命の番』だとしたら……。

性懲りもなく「もしも」が脳裏を掠める。天久保が『運命の番』だったらなんだというのだ。深月は嗤《わら》った。十三年前、リュウに頸筋を嚙まれた。深月は一生誰とも番にはなれない。たとえ目の前に『運命の番』が現れたとしても。

事実を知ったら天久保は出ていくだろうか。そう思ったら柄にもなくしんみりしてしまった。

「すみませ～ん。ビールもう一本——」

「飲みすぎですよ、店長」

上げかけた手を、夏海に阻まれた。

「あのな、夏海」

「なんですか」

「こう見えて……おれはわりとネガティブだ。頭の中はとても卑屈だ」

コトン、と箸を置くと、夏海は「ああもう」とため息をついた。

「言わんこっちゃない。もうちょっとゆっくり飲まないとダメですよ」

「そんなに酔ってない」

「酔っぱらいはみんなそう言います。すみませ〜ん、お冷をお願いします」

本当にどこまでも気が利く、しっかり者のアルバイトだ。二年後、夏海が就職して『まめすけ』を辞めてしまう時のことを想像すると涙が出そうになる。歳のせいだろうか。

「頭の中でどんなに卑屈なことを考えていたとしても、行動がかっこよければ関係ないと思います。僕を助けてくれた時の店長、すごくかっこよかったです」

「夏海……」

「僕にとって店長は、いつまで経っても正義のヒーローです」

「夏海ぃぃぃ……うぅ……」

「て、店長、ちょっと、何泣いてるんですか」

「お前、ほんっと、いいやつだなあ……うぅ」

溢れる感涙をおしぼりで拭う深月を、夏海は困り果てたように見つめていた。


近くのカフェで酔いを醒まし、夏海と別れた。明日は一時限目から講義が入っている夏海は、友人のアパートに泊めてもらうという。

『そういえば店長、来週誕生日ですよね。天久保さん、何かすっごい企画をしているみたいですよ。僕、今からわくわくしちゃってるんですけど』

別れ際、夏海の思いがけない台詞にぎょっとした。百億を海に撒くと本気でのたまう男だ、金にモノを言わせてとんでもないことを企《たくら》んでいるに違いない。

——断固阻止しなくては。

駅までの道をゆっくりと歩く。四月の午後十時はちょっぴり肌寒く、アルコールで火照った頬に夜風が心地よかった。夏海を助けたのもこんな春の夜だった。あんなこと、誰だって経験したくはないだろうけれど、あの事件がなければ夏海と知り合うことはなかった。

身体にも心にも、傷なんてないに限る。けれど傷を恥じることはない。心の傷を乗り越え生き生きと学生生活を送っている夏海を見ていると、深月はいつも励まされているような気持ちになるのだった。

最寄り駅まで数百メートルまで近づいた時、「よかったですね、見つかって」という明るい声がした。振り向くと、真横の交番の前で制服姿の警察官が若い女性と話をしている。

「本当にありがとうございました。拾ってくださった方にお礼を伝えてください」

「了解しました。時間も遅いので気をつけてお帰りくださいね」

女性はピンク色の財布を大事そうに胸に抱き、深々と一礼して去っていった。落とした財布が交番に届いていたのだろう。ふたりのやり取りを見るともなしに見ていた深月は、ふとこちらに視線をよこした警察官の顔に息を呑んだ。同時に彼も、深月の顔に「あっ」と小さな声を上げた。

——間違いない。あの時のお巡りさんだ。

深月は小さく会釈をして交番に近づいていた。

「きみは、あの時の……？」

「はい。入江深月です」

「いやあ、すっかり大人になったね。でも面影があるから、もしかしてと思ったよ」

三十代後半と思しき警察官は、誠実そうな顔をほんの一瞬懐かしそうに崩したが、すぐに口元をきつく結び厳しい表情になった。

「その節は大変お世話になりました」

深月の笑顔に、警察官は静かに頷いた。十三年ぶりの再会だというのにお互いどこかぎこちないのには理由がある。彼はあの日、深月がリュウたちにレイプされた時、真っ先に駆けつけてくれた警察官なのだ。

と言っても、現場で気を失った深月が彼の顔を認識したのは、病院のベッドの上だった。事情聴取の中身は覚えていないが、彼がとても親身になってくれたことは覚えていた。

「私の名前、忘れちゃったでしょ。佐野《さの》です」

警察官が親切に名乗ってくれた。そう、佐野さん。確かそんな名前だった。病院の白い壁に青い制服が映えていた、あの日の光景がぼんやりと蘇る。「よかったら少し話そうか」と交番を指さす佐野に、深月は「はい」と頷いた。

「お礼もしないまま引っ越してしまって」

「気にしなくていいよ。仕事なんだから。それより元気にしていたかい？」

「はい。おかげさまで」

関東圏の町で甘味処の店主をしていることを話すと、佐野は今度こそ嬉しそうに破顔した。

「甘味処をやるのが、子供の頃からの夢だったんです」

「夢が叶ったってわけだね。そういえば甘味処なんて、しばらく行っていないな」

「今度ぜひ足を延ばしてください。当店自慢のスペシャルクリームあんみつをご馳走します」

「近いうちに寄せてもらうよ」

佐野は三年前からこの交番に勤務しているという。繁華街ならではの苦労話などを聞きながら、互いの近況報告に花を咲かせた。

十五分ほど話しただろうか、深月は「そろそろ失礼します」と立ちあがった。

「お仕事のお邪魔をしてすみませんでした」

「こちらこそ引き留めて悪かったね。電車の時間は？」

「大丈夫です。思いがけず佐野さんとお話しできて嬉しかったです」

「またおいで……って言われても困るか」

深月は口元に笑みを浮かべ、静かに首を振った。

「そうだ、あの時、おれを助けて佐野さんに連絡をしてくれた同級生とは、まだ親しくしているんです」

佐野は「おお、そうだったのか」と目を見開いた。

「彼、犯人のひとりのスマホを使って場所と状況を一一〇番通報してくれたんだけど、名乗らずに切ってしまったんだ。だから私たち警察関係者は誰ひとりとして、彼の顔も名前も知らないんだ。当時はきみも、知らない顔だって言っていたよね」

事情聴取で、深月は慶介の名前を出さなかった。事件に巻き込みたくなかったのだ。

「大分後になって名前がわかって……それで仲良くなったんです」

「そうだったんだ。本当に勇敢な友達だね。連絡を受けて駆けつけた時には、犯人は三人ともぐるぐる巻きにされていて、救急車も到着済みだった。誰にでもできることじゃない」

「今では唯一無二の親友です」

「素晴らしい判断力と行動力だったよ」

親友を褒められて、深月は嬉しくなる。

「あいつは頭もいいんです。今、医者をやっています」

「医者？　それはすごい。その上スポーツマンなんだから、天は二物を与えないなんて嘘だね。彼、テニス部だったよね」

テニス部？　深月はきょとんと首を傾げた。

「いえ、あいつはテニスなんてしていません」

「そうなの？　てっきりテニス部の子なのかと思っていたけど」

佐野も深月と同じように、きょとんとした。

「なぜ、テニス部だと思ったんですか？」

「事情聴取の時に言わなかったっけ。犯人たちは三人とも、テニスラケット用のガットでぐるぐる巻きにされていたんだよ」

自分たちをボコったやつは深月と同じN高の制服を着ていた。ラケバから取り出したガットでぐるぐる巻きにされた。犯人たちは取り調べの際、口を揃えてそう答えたという。

知らない。聞いていない。深月は言葉を失った。

当時も今も、慶介がテニスラケットを持っているのを見たことは一度もない。趣味でやっているという話を聞いたこともない。

――そんな……そんなことって。

佐野と別れてからも、深月はひどく混乱していた。

――あの日……。

駅に向かう道を歩きながら、当時の記憶を辿った。

病院に搬送される救急車の中でほんの一瞬意識が戻った。心配そうに手を握っていてくれたのは間違いなく慶介だった。だからなんの疑いもなく、慶介が助けてくれたのだと思っていた。慶介がリュウたちをボコボコにしてくれたんだと。

一週間後、見舞いに訪れた慶介は言った。早退する深月の様子がおかしかったから心配になって後をつけた。家の呼び鈴を鳴らしても誰も出なくて、心配になって通学路を戻ったのだと。

きっとそこでレイプされている深月を見つけ、警察と救急に通報してくれたのだろうと思っていたのだが、その経緯を慶介から直接聞いたことはない。高校を退学して引っ越してからは、同じクラスだった頃より親しく連絡を取り合うようになったけれど、慶介の口から事件の話が出ることはなかったし、深月もあえてその話をしようとはしなかった。

あれは――あの日助けに来てくれたのは、慶介じゃなかったのだろうか。

深月はスマホを取り出した。一刻も早く真実を知りたかった。

慶介はすぐに出た。

『どうした深月、こんな時間に』

「悪いな。実はどうしても確認したいことがあるんだ。十三年前の事件のことなんだけど」

スマホの向こうで慶介が息を呑む気配がしたが、言葉を選んでいる余裕はなかった。

「あの時お前、病院まで付き添ってくれたよな」

『ああ』

「救急車を呼んでくれたのって、お前？」

『いや、俺じゃない。俺が現場に駆けつけた時には、救急車もパトカーも到着済みだった。

近所の高校の制服を着た犯人たちが……確か三人だったよな、警察官に囲まれているのを見て血が凍るような気がした。救急車の中にいるのがお前だと、直感でわかった』

慶介は救急車のドアを叩き、『身内だから付き添いたい』と申し出たのだという。

「警察と救急に連絡してくれたのが誰か、慶介知ってるか?」

『いや、知らない』

警察官から『連絡をくれたのはきみか』と訊かれたが『違う』と答えたという。

『俺はずっと、通りすがりの人なんじゃないかと思っていたけど……急にどうしたんだ。何かあったのか』

「いや、なんでもない」

『なんでもなくて、いきなりそんな話しないだろ。今、外なのか』

「夏海と焼肉食った帰りなんだ。本当になんでもないから心配するな」

慶介はまだ何か訊きたそうだったが、電車の時間があるからと電話を切った。

——そんなことって……。

十三年間、疑問を持ったことは一度もなかった。お互いにあえて確かめ合ったことはなかったけれど、慶介とは同じ「真実」を共有していると信じて疑わなかった。

——じゃあ、一体誰が……。

足が止まる。

「まさか……」

脳裏に浮かんだ顔に、深月はもう一度スマホを取り出した。

一コール、二コール、三コール、四コール――。

「出ろよ、バカ」

余計な電話はかけてくるくせに、肝心の時に出やしない。深月は小さく舌打ちして通話を切った。急いで帰って直接確かめる方が早い。

ホームに滑り込んできた電車に飛び乗った。真っ暗な車窓に映る自分の顔とにらめっこをしながらもどかしい四十五分を過ごし、ようやく電車を降りた駅は人影もまばらだった。自宅までは歩けばたっぷり十五分かかるが、走れば五分ちょっとだ。

深月は迷わず駆けだした。と、その時。

「部長」

背後から声をかけられ思わずたたらを踏んだ。

暗がりから現れた男の顔を確かめる前に、深月は怒鳴っていた。

「お前、何やってるんだっ！」

「しーっ。大きな声出さないでください」

目立つじゃないですかと耳元で囁き、天久保は深月の横にさりげなく並んだ。十分目立っているだろうと喉まで出かかるが、地方都市の深夜は静かなものだ。駅前とはいえ都内のそれとは違い、開いているのは通りに一軒しかないコンビニエンスストアだけだ。外灯の明かりもおぼつかない夜道でやけに背の高い男とすれ違っても、それが天久保だと気づく者はいないだろう。

「ったく、見つかりたいのか見つかりたくないのか、どっちなんだ」

「見つかりたくないに決まってるじゃないですか」

「だったらどうして家で大人しくしていないんだ」

「見つかりたくはないですけど、見つかったら見つかった時です」

「はあ?」

「どの道スポンサーへの根回しが済んだら記者会見するんですから、遅いか早いかの違いだけです」

居候を始めてから、天久保は何度かスポンサー説得のために外出している。朝、マネージャーの磯村が車で迎えに来て、夕方になると同じ車で戻ってくる。ちなみに玄関に横付けされるその車は、ウン千万円の赤いトビウオではなく黒塗りの国産セダンだ。

「そんなことより部長に何かあったら俺は死んでも死にきれない。部長以上に大事なものなんて、俺にはないんですよ。あなたの身の安全に比べたらマスコミに居場所がバレることなんて、ノミみたいに小っちゃいことです」

「ノミ……」

表現が独特過ぎてつい笑ってしまった。天久保はやはり、アホだ。

「俺だって大人しく待っていようと思ったんですよ？　でも夏海と別れてすぐに電車に乗ったらこんな時間になりませんよね。どこで寄り道していたんですか」

呆れたことに天久保は、夏海から深月と別れた時間を聞き出していた。そろそろ帰る頃かと待っていたのになかなか帰ってこないので、心配になって駅まで迎えに出たのだという。

「電車に乗る前に電話かけたけど、お前出なかったじゃないか」

「トイレでした。その後何回かけても部長が出ないので、余計に心配になったんです」

スマホを確認すると、天久保から三十件以上の着信が入っていた。これではまるでストーカーだ。引っ越しても引っ越しても住所を調べ上げて訪ねてきた男と、最後には結婚したという常連女性客の話を思い出した。

「おれは絶対にほだされないぞ」

「え？　何か言いましたか？」

「なんでもない。それよりお前に大事な話がある」

小さく睨み上げると、天久保は夜目にもはっきりとわかるほど表情を輝かせた。

「ついに俺の愛を受け入れてくれる気になったんですね」

「あ？」

「嬉しいです。この間のビンタの意味を、俺なりにずっと考えていたんですけど、やっぱりあれは愛ゆえだったんですね」

何をどう考えるとそういう発想になるのか。天久保はうきうきした声で「さ、早く帰りましょう」と言い、呆れて絶句する深月の背中に手をまわした。

階段を上り居間のドアを開く。餌を前にして尻尾を振る大型犬状態の天久保に向かって、「あのな」と口を開いた時だ。天久保のポケットの中でスマホが鳴った。

「出ろよ」

「すみません。すぐに済ませます」

天久保は小さく頭を下げ、自室に入っていった。どう切り出そうかとぐるぐる考えていた深月は、タイミングの悪さに気が抜け、畳の上にすとんと腰を下ろした。

「……はい、ありがとうございます……そうしていただけると助かります」

襖の隙間から声が聞こえる。スポンサーからだろうか。深月は暇にまかせて耳を澄ませた。

「火曜日ではダメなんです。ええ、来週です……水曜日でないと……そうなんです……」

打ち合わせの日取りだろうか。

――そういや来週の水曜日は、おれの誕生日だったな。

三十歳も三十一歳もたいして変わらないなあ、などとぼんやり考える。

「できれば本場ブラジルの……ええ、どうしても間に合わなければ日本の方でも……はい、料金の方はいくらかかっても構いませんので……」

さすがは世界を股にかけるテニスプレーヤー、なんの話かは知らないが、金に糸目はつけないということらしい。

――薔薇園買っちゃうくらいだからな。

あの朝の衝撃を思い出し、思わず笑いが込み上げてくる。

「人数はできるだけ多い方が……五十人？　う〜ん、百人くらい集まりませんかね」

そこへ来て、深月は「ん？」と首を傾げた。

どうやら打ち合わせの日取りを決めているわけではなさそうだ。

「それからご相談なんですけど、あんこでケーキって作れますか？　……そうです、あのあんこです。結婚式のケーキみたいな巨大なやつを、あんこで作ってもらえないかと――」

「あんの、バカがっ！」

深月は勢いよく立ち上がり、襖を開けた。そして驚いて振り返った天久保に「電話を切れ」と低い声で命令した。

電話の相手はイベント会社のスタッフだった。天久保は来週水曜日の深月の誕生日に、あろうことか『リオのカーニバル』ならぬ『まめすけのカーニバル』を企画していたのだ。本場ブラジルからサンバダンサーを呼び寄せるつもりだったらしい。しかも百人。

そんな人数のダンサーが狭い店に入りきると本気で思っていたのか。それとも商店街を練り歩かせるつもりだったのか。理解不能すぎて目眩がした。

「リオのカーニバルが見たいなあ～、とか、おれが一度でも言ったか？」

「……今年こそ行きたいって、言いましたよね」

「いつ！　誰に！」

「一昨日夏海と話していたの、聞きました。祭りに行きたいって」

「それはお前、商店街の夏祭りのことだ！」

去年と一昨年、たまたま忙しくて行かれなかったから、『今年は行きたいな』と話していただけだ。

「おれは金魚すくいや射的がしたいんだ。サンバを踊りたいんじゃない」

「けど……」

「けど、なんだ」

スマホを手にしたまま襖の前に立ち尽くしている天久保を、キッと睨みつけた。

「好きなのかなと……思って。だって部長、巨乳好きなんですよね？」

ゆっくりと三回瞬きをした後、深月は「は？」と首を傾げた。

「おっぱいは小さいより大きい方がいいよな、って言ったじゃないですか」

「おっぱいって……――あっ」

あれは確か天久保が居候を始めて三日目のことだった。齢《よわい》八十五歳になる常連のお爺ちゃんに話しかけられた。

『店長は、どっちが好みだい？』

抹茶パフェを突くお爺ちゃんのテーブルには、グラビア系の週刊誌が広げられていた。右のページには巨乳アイドルが、左のページには清楚《せいそ》なイメージの女優が、それぞれ半裸で掲載されていた。

『どっちと言われても……』

女性をそういう目で見たことのない深月にとって、巨乳アイドルも清楚な女優も単なる「若い女性」にすぎない。

『俺はこっちだね』とお爺ちゃんが巨乳アイドルを指さした。

『おっぱいってのは、やっぱりこう、ぶりんっとしてねえとな』

『あはは』

『店長さんもそう思わねえか？』

おっぱいに対して特段のこだわりも持論もない深月は、ほんの軽い気持ちで『そうですね』と答えた。

「あの時部長、『そうですね』って言いましたよね」

「い、言ったかもしれないけど」

「確かに言いました」

「言ったとして、なんでそれがリオのカーニバルに繋がるんだ」

飛躍しすぎだ。

「カーニバルなら大人数だし健康的だから、間違いが起こりにくいかと」

「…………」

もはやどこから突っ込んでいいのかわからない。深月は脱力し、へなへなと畳に座り込んで胡坐《あぐら》をかいた。

「あのな、天久保」

「はい」

「お前は天才で、しかもとてつもない金持ちだ」

「はい」

宇宙人の辞書に謙遜《けんそん》という言葉はない。辞書すら持っていない。

「けどな、金をかければ誰でも喜ぶと思うなよ」

「そんなこと――」

「そんなことあるんだよ。みんながみんなじゃないと思うけど、金持ってのは往々にして物事を金で解決しようとする。なぜなら楽だからだ」

金がなければないなりに、人は工夫をする。どうやったら少ない予算で欲しいものを手に入れられるか、相手を喜ばせることができるか。

「なんでもかんでも金をかけりゃいいっていう発想が、おれは嫌いだ」

嫌いという言葉に、天久保がハッと顔を上げた。こんな時ばっかり傷ついた仔犬のような目をするのはちょっとずるいと思う。

「ずるい」

その言葉は、深月ではなく天久保の口から零《こぼ》れた。

「俺は一日でも早く百億を稼いで、あなたを手に入れたかった。だからどんな試合も、薔薇の花束を手にあなたと再会するシーンを想像しながら戦っていました。百億、百億って唱えながら」

天久保と対戦したすべての選手に、ごめんなさいと頭を下げたい気分だった。

「もっと早く貯めたかったんですけど、思ったより時間がかかってしまいました。だから俺は今の部長のこと、何も知らない。今のあなたが何を好きで、何をプレゼントされたら一番喜ぶのか、悲しいくらいなんにもわからない。それなのに」

天久保は、ギリリと音を立てて歯噛みした。

「ずっと近くにいたあいつは知ってる。それってずるくないですか」

あいつが誰のことなのかは、問うまでもなかった。

「あんこに合うチーズとか持ってきやがって、やり口が汚い。腹が立つ」

慶介はあのチーズを、あんこに合うと思って持ってきたわけではないだろう。あまりにひどい言いがかりに噴き出しそうになる。

ずるいのは天久保の方じゃないのか。見た目は野生の狼だが、その心は犬だ。主人に尽くし、褒められることだけが生きがいの大型犬。よく言えば無垢《むく》だが、悪く言えば思慮という言葉すら知らないバカ犬だ。

「大好きです！」と飛びかかり「落ち着きがない」と叱られがっくりと項垂れる。道端で素敵なおもちゃを見つけて咥《くわ》えてはいそいそと差し出し「なんでもかんでも食べるんじゃない」と叱られしゅんと尻尾を丸める。「どうしてわかってくれないんですか」「あなたのことをこんなに愛しているのに」――言葉の通じない宇宙人は吠《ほ》えることしかできない犬と同じだ。

面倒で厄介《やっかい》な存在なのに、気づけば憎めなくなっている。自分がとっくの昔に忘れ去ってしまった真っ直ぐで混じりけのない愛情表現を、愛《いと》おしいと感じてしまう。

「十三年前……犯人たちをボコって警察と救急に連絡してくれたの、お前だったんだな」

夏海と別れた後、駅前の交番であの時の警察官と偶然会ったことを話した。見上げた天久保は、予想に反してさほど驚いた様子はなかった。

「犯人たちがガットで巻かれていたって、今夜初めて聞いて、お前しかいないと思った」

「そうです。命の恩人は、あいつじゃなくて俺です」

この間の「恩人」発言に、ひっそり傷ついていたらしい。

「お前あの日、おれの後をつけていたのか」

「はい。実は事件の前の日、部長の身体からフェロモンが漏れていたんです」

「……え」

「目覚めが近づいていたことに、あなたは気づいていなかった」

夏海の言うとおり、天久保は深月がオメガだということに気づいていた。

事件前日の放課後、天久保は深月に会いたくなって理科室を訪れた。ところが扉に手をかけた瞬間、足が止まった。扉の隙間から、オメガが放つ独特のフェロモンが流れ出てくるのを感じたのだ。

「俺の知る限り、理科部にオメガはあなたしかいない。あなたに目覚めが近づいているんだとわかりました」

理科室からは他の部員と暢気《のんき》に談笑する深月の声が聞こえる。

「ドアを開けて忠告しようかと思ったんですけど……」

「お前はアルファだからな」

オメガの放つフェロモンをまともに浴びてしまったらどうなるか。その危険性を知っていた天久保は、その場を立ち去るしかなかった。

「ヒートの直前になればさすがに気づいて、学校を休むと思ったんですけど、あなたはなんと翌日も登校してきた。目覚めが近づいてるっていうのに、なんて危険な真似をするんだと腹が立ちました」

天久保は、休み時間ごとに深月のいる教室をこっそり覗きに行った。具合はかなり悪そうだったが、それでも昼休みまでなんとか授業を受けることができるようだった。

「五時間目、俺のクラスは体育でした。運の悪いことに俺はその日用具当番で、体育倉庫の片づけを終わらせてすぐにあなたの様子を見に行きました」

深月が早退したことを知らされ愕然《がくぜん》とした天久保は、大急ぎで校門を飛び出し、深月のフェロモンの匂いを頼りに後を追った。

どうか無事でいてくれ。無事家に辿り着いていてくれ。神に祈りながら走った。しかしその願いも虚しく、天久保は通学路の廃墟で他校の生徒三人にレイプされている深月を発見してしまった。

「怒りで頭が真っ白になったのは、後にも先にもあの時だけです」

気づけば犯人たちを、気絶寸前まで殴りつけていた。顔を腫《は》れ上がらせ唇の切れた三人をラケバから取り出したガットでぐるぐる巻きにし、警察と救急に連絡をしたのだという。

「三人とも鼻の骨が折れていたらしいぞ」

「殺さなかった俺を褒めてください」

怖いくらい真顔の天久保に、深月は「だな」と呟くしかなかった。

「あいつら、俺の一番大事な人を傷つけた。百回殺しても足りない。まとめて地獄に堕としたいくらいです」

俺の一番大事な人。

本人を前にして、そんな歯の浮くような台詞がよく言えるな。

茶化したいのにできない。天久保はふざけているわけではない。そして驚いたことにそのくすぐったい台詞を嬉しいと感じている自分がいる。

「すぐにあなたに駆け寄って、大丈夫ですかって声をかけて抱きしめたかった。でも……」

近づいたら犯人たちと同じことをしてしまう。天久保は廃墟の片隅に身を隠し、深月が運ばれていく様子を見守っていたのだという。

「なのにあいつがしゃしゃり出てきて、救急車に乗り込もうとするから、とっ捕まえようとしたんですけど」

「慶介はベータだ」

「ええ。だから仕方なく黙認しました」

「どうして言わなかったんだ」

恩人は慶介だと、ずっと誤解していた。慶介と言い合いをしたあの夜、天久保は深月の誤解に気づいたはずなのに。

「言いましたよね。俺を好きになってほしいって」

「だったらなおさらだろ」

訝《いぶか》る深月に、天久保は「なんにもわかっていませんね」とため息をついた。

「あの時駆けつけたのが俺だったと知れば、あなたは俺に感謝するかもしれない。恩を感じるかもしれない。でもそれは愛じゃない」

「……え？」

「俺はあなたに恩を感じてほしいわけじゃない。好きになってもらいたいんです。俺が欲しいのはあなたの愛です。心です」

「天久保……」

恐ろしいことに、そのぶっ飛んだ理屈にちょっと納得してしまった。全身全霊で抗《あらが》っていたのに、とうとう天久保菌に感染してしまったのかもしれない。

『俺があなたのことを好きなのと同じくらい、俺のことも好きになってほしいんです。ちゃんと恋愛をしたいんです』

あの夜の台詞が蘇る。中坊のようだと深月は茶化したが、天久保の瞳は真剣だった。

天久保は、出会った頃から深月がオメガだと気づいていた。俺のものになれなどと不遜なことを言いながらも決して無理強いをしないのは、アルファである自分が無思慮な行動をすれば、深月を傷つけることになるとわかっているからだ。

本能のままに生きているように見えて、実は誰よりその欲望を律している。天久保の中には意味不明の宇宙人と、凜《りん》と背筋を伸ばしたジェントルマンが混在している。

「ご両親と疎遠になったのって、もしかしておれのせいなのか」

『天久保尊、実家と絶縁状態』という週刊誌の記事を思い出した。天久保の父親は東証一部上場の会社を経営していて、厳格な家庭だと書かれていた。もし他校の生徒に怪我をさせたことが父親の耳に入ったとすれば——。

「事件のことは関係ありません。俺が高校を中退してテニスでプロになると言ったからです」

「どっちにしてもおれのせいだろ」

「違います。遅かれ早かれ俺はあの家を出るつもりでした。会社とか事業とか、まったく興味なかったんで」

それでも自分のせいで天久保の家庭を壊してしまったのは事実だ。項垂れる深月に、天久保は「申し訳なかったとか言うの、ナシにしてくださいね」と先回りした。

「部長に出会えたこと、俺は神さまに感謝しているんです」

「天久保……」

「あの日、駅のホームであなたは、百億くれたら俺のものになると約束してくれました。冗談のつもりだったのかもしれないけど、俺は本気でした。絶対に百億稼ぐつもりだったし自信もあった。再会した時あなたに恋人や許嫁《いいなずけ》がいたとしても、そんなやつぶっ飛ばしてあなたを奪うつもりでした。——つまり十三年前のあの日から、あなたは事実上俺のものだったんですよ」

滅茶苦茶な論理だ。呆れを通り越し、恐怖すら覚える。

だけど怖いのと同じくらいに嬉しい。目の前で自分を見下ろしているこの男に、どうしようもなく惹かれてしまう。

「なんで……おれなんだ」

世界ランキング二位のテニスプレーヤーで、しかも超のつくイケメン。あんこのことしか頭にない三十路男など選ばなくても、天久保の恋人になりたい人間は他にいくらでもいるだろう。

「俺に、生きる意味を与えてくれたからです」

「生きる意味？」

「俺がテニスを始めたのは三歳の時でした。父親は厳格で、笑った顔なんて見たことがなかった。母親はそんな父親の性格に神経をすり減らしていた。子育てというより『ひとり息子を立派な跡取りに育て上げなければ』と、常にピリピリしていて……」

天久保は自嘲《じちょう》するように口元を歪めた。

「テニスに関しても『負けは絶対に許さない』って感じでしたね。体調が悪くて負けたりしようものなら、父親の機嫌が猛烈に悪くなる。だから大会で優勝しても、ホッとするだけで嬉しくもなんともありませんでした。やる気もない。楽しくもない。それなのに辞めることも許されなかった」

いくらスーパーアルファであっても、年端のいかない子供にとって両親は絶対だ。

「それでも、インターハイで優勝したら辞めるつもりでした。高校生になってまで親に支配されたくありませんから。自分の手で生きる意味を見つけたかった。でもあの日——あなたがそれをくれたんです」

真っ直ぐな瞳が深月を見下ろす。ドクン、と心臓が鳴った。

「あなたを手に入れるために。それが俺の生きる意味、テニスで勝ち続ける意味になりました。この試合の先に、この勝ちの先にあなたがいる。そう思うとわくわくして、初めてテニスが楽しいと感じられるようになりました」

なんて穢《けが》れのない目をしているんだろう。天久保の瞳は、透明度の高い湖のような色だと思う。

「天久保……」

ドクン、ドクン、ドクン。鼓動が高まっていく。

「俺は部長以外の人とどうこうとか、考えたこともありません。今後も予定はありません」

「もしもおれがうんと言わなかったら？」

「言ってもらえるまで諦めないだけのことです」

諦めたら試合終了、ということか。

「俺、諦め悪いんですよね」

スポーツの世界において諦めの悪さは才能のひとつだ。しかし恋愛においてのそれは、時に苦しみの種になる。自分にとっても、相手にとっても。

天久保はこの十三年間、深月だけを思い、再会を夢見ていた。だとすればあの日、深月の身に起きた一番の不幸を知らないのだろう。深月がリュウに頸を噛まれ、望まない番の儀式を行ってしまったことを。

天久保は深月の頸筋《けいきん》の噛み痕《あと》に気づかなかった。だから十三年もの間思いを捨てずにいられたのだ。深月の心を動かせば、番になれると信じていたから。

『僕、思うんですけど、店長と天久保さんって、実は「運命の番」なんじゃないですか？』

夏海の予想は、残念ながら間違っている。

もしも『運命の番』なんていうものが本当にあったとして、だったら天久保と自分はあの事件の前に番っているはずだ。運命というのが人知を超えた、決して抗えないものなのだとしたら、それは限りなく神の意思に近いものだ。神さまが順番を間違えるわけがない。

「そろそろ俺のこと好きになってくれませんか、入江部長」

襖の前に立ち尽くしていた天久保が、深月の前に正座した。

その神妙な顔つきに、思わず口を突きそうになる。

――実はおれ、お前とは番になれないんだ。

正直に打ち明けてしまおうと思ったのに、台詞は唇を震わすことなく、喉の奥へと滑り落ちていく。

——何を恐れているんだ、おれは。

天久保に背を向けられるのが怖いのだろうか？　部長って「捨てられオメガ」だったんですねと、がっかりしたように言われることを恐れているんだろうか？

「部長……？」

俯いた深月の顔を、天久保が心配そうに覗き込む。

「どうしたんですか」

「……なんでもない」

「なんでもないって顔じゃ、ないですね」

何かを確かめるように、天久保の顔が近づいてくる。息がかかるほどの距離でもう一度「部長……」と囁かれ、全身の毛がぞわりとした。

天久保はどんなキスをするのだろう。しなやかな筋肉に覆われた胸に抱きしめられたらどんな気持ちになるのだろう。妄想が真夏の積乱雲のように膨れ上がってくる。

——ダメだ。

これ以上は危険だ。深月はすくっと立ち上がった。

「なんでもないって言ってるだろ。もう寝ろ」

取りつく島もない速さで背を向けた。

「とにかく、リオのカーニバルは却下だからな」

肩越しに軽く睨み下ろすと、畳に正座したまま天久保はむうっと頬を膨らませた。

「あいつのプレゼントには大喜びするくせに、俺のプレゼントは迷惑なんですか」

出た。子供の理屈。宇宙人の論理。深月は笑いを噛み殺す。

「迷惑には違いないけど、それでもお前の気持ちは嬉しいよ」

「意味がわかりません」

天久保が眉根を寄せる。

「リオのカーニバルだろうが、スペインのトマティーナだろうが、岩手の蘇民祭だろうが、誕生日を祝おうとしてくれているお前の気持ちはすごく嬉しいんだ」

「だったら……」

「気持ちだけで十分だと言っているんだ。気持ちが籠っていれば、おめでとうのひと言だけでおれは嬉しい。とにかく本気でサンバダンサーなんか呼んだりしたら、マジで叩き出すからな。わかったな」

全然わかりませんという顔の天久保を居間に残し、深月は自室に入った。

ピシャリと襖を閉めた途端、とてつもない疲労感に襲われた。

——ああは言ったけれど……。

多分天久保を追い出すことはないだろう。たとえ本当にハッピーバースデーカーニバルを開催してしまい、商店街の人たちを吃驚《びっくり》させてしまったとしても、叩き出すことはしない。

しないのではなく、できないのだ。

平穏という言葉を隠れ蓑《みの》にひっそりと暮らしていた。辛いことや悲しいことも起きない代わりに、大切な感情を封印してきた。そんな日常を天久保はいとも簡単に破壊した。

呆れを通り越して笑ってしまう。はた迷惑なのに嬉しくてたまらない。理解不能なのにどうにも憎めない。歓迎などしていなかったはずなのに、気づけばその存在を心地よいと感じ始めている。

——おれは天久保のことを……。

いつの間にか心の片隅に芽生えていた感情。天久保の奇行ともいえるアプローチを受けるたび、その輪郭が際立ってくる。一度認めてしまったら多分引き返せない。

深月は大きくひとつ深呼吸をすると、心の蓋《ふた》を閉めるようにきつく目を閉じた。


「おめでとう、深月《みづき》」

慶介《けいすけ》から大きな花束を手渡され、深月は照れ隠しに鼻の頭を掻《か》いた。

「ありがとう。忙しいのに悪かったな」

「気にするな。お招きいただかなくても押しかけるつもりだった」

「店長、三十一歳のお誕生日おめでとうございます」

「歳を言わなくていいから夏海《なつみ》」

夏海の額を軽く指で突き、深月は苦笑した。

夏海と焼肉を食べに行った一週間後、深月は三十一歳の誕生日を迎えた。別にめでたくないと言ったのに、閉店後の『まめすけ』で、ささやかな誕生日パーティーが開催されることになった。言い出しっぺの夏海がケータリングの料理と酒を準備し、仕事終わりの慶介が花束とケーキを持って駆けつけてくれた。

「深月、あいつはどうしたんだ」

もうひとりの参加予定者の姿が見当たらないことに、慶介が眉《まゆ》を顰《ひそ》めた。

「さすがは世界を股《また》にかけるテニスプレーヤーだ。五分や十分の遅刻は気にしないらしいな」

「多分間もなくいらっしゃると思うんですけど」

慶介の嫌味に、夏海はハラハラした様子で腕時計に目を落とした。

昼過ぎ、天久保《あまくぼ》は数日ぶりに迎えに来た黒塗りセダンで出かけて行った。スポンサーへの根回しもそろそろ大詰めなのかもしれない。

「忘れてるんじゃないのか？　先に始めよう」

「あの、もうちょっとだけ待っていただけませんか」

「せっかく夏海くんが時間に合わせて届けさせた料理が冷めてしまう。自己中男にはかまわず三人で始めよう」

慶介はおろおろする夏海に軽く微笑《ほほえ》み、リボンのかかった箱を深月に差し出した。

「なんだよ。こんなことするなよ」

長い付き合いの親友だ。互いの誕生日に食事や酒を奢《おご》ることはあっても、あらたまってプレゼントを用意したことはなかった。

「お前の誕生日プレゼントを選ぶ日が来るとは思わなかった」

「気を遣わせて悪かったな」

「違うんだ。何にしようかとあれこれ迷う時間が、実に楽しかった。機会を与えてくれた夏海くんに感謝している」

夏海は「そんな」と首を振った。

「開けてみろよ、深月。気に入ってもらえるといいんだが」

「……ああ」

恐縮しながらリボンを解《ほど》き、箱を空けた途端、深月は目を剝《む》いた。

「こんな高級なの、もらえない」

慶介のプレゼントは、海外メーカーの腕時計だった。

「そこそこだろ。高級じゃない」

医師の慶介にとってはそこそこでも、儲《もう》かっているとは言い難い甘味処《かんみどころ》の店長にはなかなか手の届かない高級品だ。

「お前、何年か前に腕時計壊しちまって、それからしていないだろ」

「スマホがあるから不便はない」

「けど持っていて困るもんじゃないだろ。頼むから受け取ってくれよ。この何日か、お前が喜んでくれる顔だけを想像していたんだから」

基本的に穏やかな慶介だが、少々頑固で言い出したら聞かないところがある。そういう意味で慶介と天久保はちょっと似ているかもしれない。

「ありがとう。大事に使わせてもらうよ」

左手首に受け時計を嵌《は》めてみると、慶介は「似合うよ」と、満足気に微笑んだ。

「僕からはこれです。腕時計の後で、ちょっと恥ずかしいんですけど」

夏海からのプレゼントはハンドクリームだった。深月の手が荒れがちなことに、気づいてくれていたのだ。

「ありがとう、夏海。早速今夜から使わせてもらうよ」

ふたりの心遣いに胸を熱くしていると、玄関の扉が開く音がした。

「天久保さんだ」

夏海がパッと表情を輝かせた。

「主役を待たせて、堂々の登場か」

慶介は苦虫を噛《か》み潰《つぶ》したような顔をする。

「遅くなりました」

三人の視線が集まる中、カウンター奥の通路から天久保が現れた。

「十五分も遅刻だ」

「すみませんでした」

「料理が冷めちまったじゃないか」

天久保は「すみませんでした」と繰り返し、慶介から顔を背《そむ》けた。

「なんだ、その態度は」

「主役の部長と、料理を用意してくれた夏海には悪いと思っています」

「なんだと」

ふたりの間に険悪な空気が流れる。深月は「まあまあ、ふたりとも」と間に割って入った。似た者同士なのに、どうしてこうも相性が悪いのか。

「そう言ってやるなよ、慶介。一応謝ってるんだからさ」

「一応な。誠心誠意謝っている顔じゃない」

「あんたに俺の何がわかるんです。医者ってのは他人の心の中が見えるんですか？　神さまなんですか？」

「黙れ、天久保」

「そうだそうだ、遅刻者は黙ってろ」

「謝れって言ったり、黙れって言ったり、面倒くさい医者――」

と、そこで天久保が深月の手首の腕時計に気づいた。

「なんですか、それ」

「ああ、これは――」

「俺からの誕生日プレゼントだ。深月の腕時計が壊れていたからな」

慶介が心持ち鼻の穴を膨らませる。

「結構な値段しますよね、このシリーズ」

「最高クラスじゃないから、きみのようなセレブのお眼鏡には適《かな》わないだろうがね」

「……金をかければ誰でも喜ぶと思わないでほしいですね」

天久保の小さな舌打ちに、慶介が鼻白む。

「それをきみが言うか？」

「金持ってるやつっていうのは、往々にして物事を金で解決しようとする。なぜならそれは楽だからだ。部長はね、そういう発想の人間が嫌いなんですよ」

一週間前深月がぶつけた台詞《せりふ》を、まるで自分の考えのように堂々と口にする天久保に、深月は目を見開いたまま言葉を失った。「パクるな」と怒るべきなのか、それとも考えを理解してくれたことを喜ぶべきなのか。

「お前は深月の心が読めるのか？　神さまなのか？」

「よせよ、慶介」

「お言葉ですが、部長の気持ちは手に取るようにわかります。少なくともあなたよりは部長のことを理解しているつもりです」

「やめろって、天久保」

「つもりね。申し訳ないが深月のことを世界で一番理解しているのは俺だ。これはつもりなどではなく、事実だ」

「慶介！」

大人げないやり取りに辟易《へきえき》したのか、夏海がパンと手を叩いた。

「やめましょうよ、みなさん。今夜は店長のお誕生パーティーなんですよ？　喧嘩《けんか》するために集まったんじゃないですよね？　楽しくやりましょう」

一番年下の夏海に窘《なだ》められ、一触即発だったふたりはバツが悪そうに視線を逸《そ》らした。

「ささっ、全員揃《そろ》ったので乾杯しますよ。全員グラスを持ってください」

夏海はてきぱきと全員にグラスを渡し、冷蔵庫から取り出したスパークリングワインを注いだ。二十歳《はたち》の大学生が結局一番大人だ。

「店長、三十一歳のお誕生日おめでとうございます！　乾杯！」

「乾杯。深月、三十一歳おめでとう」

「三十一歳おめでとうございます、部長」

「ありがとう、みんな」

歳には触れるなと言ったのに。深月はヤケクソ気味にグラスのワインを飲み干した。いらぬ緊張で喉《のど》が渇いたのか、深月以外の三人もほぼ一気飲みだった。夏海がホスト役のように空いたグラスにワインを注いで回る。

「夏海、あとは各自で注ぐから。気を遣わないで料理食え」

「はい。ありがとうございます」

そう言いながら、夏海はいそいそと天久保のグラスを満たす。嬉しくてたまらないといった様子を、深月は目を細めて見守った。

ケータリングの料理は、どれもびっくりするほど美味《おい》しかった。サラダ代わりのバーニャカウダ、パクチー入りの生春巻き、具だくさんのキッシュ、蕩《とろ》けるほど柔らかなローストビーフ、色とりどりの手毬《てまり》寿司、そしてデザートのパンナコッタまで、一見無秩序で無国籍なチョイスだが、「絶対に美味しいはず」を基準に選んだという夏海の目は、間違っていなかったようだ。

「天久保さん、ちょっと」

一時間も経《た》った頃、トイレから戻った夏海が天久保の耳元に小声で囁《ささや》いた。

「これ、シンクのところに置いてあったんですけど、もしかして」

夏海が手にしていた小さな紙袋を見るや、天久保は慌てて奪い取った。

「これは、いいんだ。なんでもない」

ふたりのやり取りに、慶介がグラスを傾けながらニヤリとした。天久保が隠すように背中に回した紙袋が、都内の有名デパートのものだったからだろう。

「どうして隠すんだ。深月へのプレゼントなんだろ？」

「…………」

「俺にはあんなこと言っておいて、自分も似たようなものを用意したんじゃないのか？」

「あんたと一緒にしないでもらいたい」

「だったら堂々と渡せばいいじゃないか」

バトルを再燃させてしまったことに、夏海が慌てた。

「すみません、僕、余計なことをしてしまったみたいで」

「夏海くんのせいじゃない。こいつがこそこそするのが悪いんだ」

「別にこそこそなんてしていない。タイミングを見計らっているだけだ」

「苦しい言い訳していないで、今ここで渡せよ」

「おい、ふたりともいい加減にしろ」

深月はげんなりしながら仲裁に入る。

「どうしても喧嘩したいなら、外でやってくれないか」

途端に、不満そうな顔が左右から深月を振り向く。

「だってこいつが」

「だってこいつが」

そして互いの顔を見合わせ、同じタイミングで「ふんっ」とそっぽを向いた。練習したのかと言いたくなるほど見事なシンクロに、夏海が小さく噴き出した。

「天久保、その袋、マジでなんなんだ」

誕生日プレゼントにしか見えないのに、どうして隠したりするのか不思議だった。

「……プレゼントです。誕生日の」

「おれの、だよな？」

天久保は頷《うなず》き、仕方なさそうに「どうぞ」と紙袋を差し出した。

「おめでとうございます」

「ここで開けていいのか？」

天久保が無表情で頷く。深月は紙袋の中身を取り出し——息を呑《の》んだ。

「これは……」

円盤形のパンが、透明なビニールでラッピングされている。中央部分にこれでもかと白ゴマがトッピングされたそれは、通常サイズの三倍はあろうかという大きさだ。

「あんぱん……ですか？」

漢のあんぱん

初めて目にした夏海が「でかっ」と目を剝く。

「おいおい、ずいぶん懐かしいもん買ってきたな。これ高校ん時、深月がバカみたいに毎日食ってたあんぱんだろ?」

「バカみたいで悪かったな」

天久保のプレゼントは『漢《おとこ》のあんぱん』ひとつだった。

「懐かしいな。まだ売ってたんだな」

二年ちょっとの高校生活で、一体いくつ食べただろう。甘味処の店主になると決めたのは幼い頃だったけれど、『漢のあんぱん』の美味しさがその意思を固めたのも事実だ。

毎日食べても飽きないあんこ。毎日通いたくなる甘味処。『漢のあんぱん』は、ある意味深月の原点だ。十三年ぶりの再会に感激しながら、ふと深月はあることに気づいた。

「お前、これ、どうしたんだ」

まさかあまりの人気に、デパートでも扱うようになったのだろうか。

「どうしたって……買ってきました」

「デパートで?」

天久保は「まさか」と首を振った。

「あのパン屋で買いました。一応プレゼントなので、磯村《いそむら》さんがたまたま持っていた紙袋をもらったんです」

どうやらマネージャーが一緒だったらしい。

「なんだ。よかった。磯村さんに頼んで買ってきてもらったんだな」

胸を撫《な》で下ろす深月に、天久保が「は?」と眦《まなじり》を吊《つ》り上げた。

「そんなこと、磯村さんに頼むわけないじゃないですか。他ならぬ部長の誕生日プレゼントですよ? 自分で並んだに決まってるでしょ。部長のイチオシだけあって、十三年経っても相変わらず人気でしたよ。行列に並んでギリギリ一個しか買えませんでした」

「はあ~?」

深月は極限まで目を見開いた。

「おっ、お前っ、高校生の列に並んだのかっ」

「ええ。でも大丈夫ですよ。高校の制服着て並びましたから」

「よけいに怪しいだろぉぉ——っ!」

なんという恐ろしいことをするのだ。行方不明中の世界的テニスプレーヤーが現役高校生の集団に飛び込むなんて、狼《おおかみ》の群れに飛び込む仔羊《こひつじ》並みに危険だ。想像しただけで脳貧血を起こしそうだ。

——いやいや、狼はこいつか。

「なるほど、木の葉を隠すなら森ですね。さすが天久保さん」

夏海が微妙にずれた発言をしながら頷く。

「制服なんてよく取ってあったな。俺は卒業と同時に処分したぞ」

妙なところに感心する慶介に、夏海が「僕もです」と同意した。

「取ってあるわけないでしょ。買ったんです」

「はあ～?」

深月はもう一度目を剝く。天久保はパン屋の列に並ぶためだけに、制服を一着新調したのだという。

「バカなのか、お前は」

呆然《ぼうぜん》とする深月の横で、慶介が「バカ以外の何ものでもないな」と太鼓判を押した。

「誰にも気づかれなかったんだろうな」

天久保は当時から長身だった。この十三年間で身長は伸びても数センチ程度だろう。しかし十八歳の身体《からだ》と二十八歳の身体はまるで違う。どこからどう見ても筋肉の付き方が素人《しろうと》ではない。

「まったく気づかれませんでしたよ」

「本当だな?」

「あのパーマ屋のおばちゃんが、このクソダサい髪形にしてくれたおかげです」

右側と左側で微妙に髪の長さ違うんですよねと、天久保は呟《つぶや》いた。

麗香《れいか》の店で金髪ウェーブを黒髪短髪にした時の、不満そうな顔を思い出した。髪型激変のおかげで今日まで誰にも気づかれずに済んでいるというのに。

「結果オーライです」

「……にしても」

『部長以上に大事なものなんて、俺にはないんですよ』

微塵《みじん》の迷いもない声だった。高校生に気づかれて大騒ぎになったとしても、天久保にとっては『ノミみたいに小っちゃいこと』なのだろう。

「どうしても、手に入れたかったんです」

「……え」

「十三年のブランクは、悔しいけれど埋められない。俺は今の部長が好きなもの、なんにも知らない。でも」

天久保が俯《うつむ》けていた顔を上げた。

「あの頃好きだったものなら知っている。あなたはこのパンを毎日屋上で食っていた。そして俺に言ったんだ。『これ、百個買ってきたら許す』って」

階段に続く錆《さ》びた扉、ひとつしかないベンチ、ゆったりと流れていく春の雲――。鮮やかに蘇《よみがえ》る光景に、深月はひと時呼吸を止めた。

「食べてもいいか？」

気づけばそう口にしていた。

「そのために買ってきたんですからどうぞ。けど、さすがにもう腹いっぱいなんじゃないですか？」

天久保が手に入れてきたパンを隠していた理由がわかった。パーティーの前に渡したら深月はその場でかぶりつく。せっかくの料理が食べられなくなってしまうだろうと、考えたのだろう。

——余計な気を遣いやがって。

バカだなと思う傍《そば》から、心の隅がうずうずし出す。

「三百六十五日、二十四時間、あんこは別腹だ。遠慮なくいただく」

深月は大きな口を開け『漢のあんぱん』に齧《かじ》りついた。

「うん！　そうそう、この味この味！」

切ないほどの懐かしさを伴った甘みが、口いっぱいに広がる。

ピチピチの十七歳は、今日三十一歳になってしまった。けれど『漢のあんぱん』はあの頃と変わらず、今なお食欲旺盛《おうせい》な高校生たちの胃袋を満たしている。それがたまらなく嬉しくて、柄にもなくセンチメンタルな気分になってしまう。

「無理しないでください。デザート食えなくなっても知りませんよ」

感傷に浸っていると、満腹になったのだと勘違いした天久保がパンを取り上げようとする。

「大丈夫。デザートは別腹だ」

「前から思っていたんですけど、部長って痩《や》せの大食いですよね」

「大食いってほどじゃないだろ」

「十分大食いですよ。この前も焼肉七人前平らげたじゃないですか」

夏海が苦笑する。

「肉は別腹なんだ」

「あなたは一体いくつ別腹を持ってるんですか。牛ですか」

真顔で尋ねる天久保に、慶介と夏海は顔を見合わせ笑った。


賑《にぎ》やかな誕生日パーティーがお開きになったのは、午後十一時過ぎだった。いがみ合っていた天久保と慶介も、夏海が緩衝材になったのか酔いのおかげか、後半は角突き合わせることも言い争うこともなかった。

四人して胃袋の限界まで食べ、肝臓の限界まで飲んで、しゃべって、笑った。思えば誰かに誕生日を祝ってもらったのなんて何年ぶりだろう。幼い頃、小さなショートケーキにろうそくを立て、母とふたりハッピーバースデーを歌った誕生日は、幸せだったけれどとても静かだった気がする。

慶介と夏海をタクシーに乗せた後、明日が定休日なのをいいことに、片付けもせず布団に潜りこんだ。天久保もシャワーを浴びてすぐ自分の部屋に入ってしまった。

深夜、ふと目が覚めた。襖の隙間から明かりが漏れている。

——天久保、起きてるのか……。

深月は布団から這《は》い出すと、五ミリほどだった襖《ふすま》の隙間を十センチに広げた。

天久保はこちらに背を向け、畳に体育座りをして映画を観ていた。傍らに開けたばかりと思《おぼ》しきDVDのケースが置かれているところをみると、昼間にどこかで購入してきたのだろう。でかい身体をちんまり丸めているのが、ちょっとだけ可愛かった。

明日は休みとはいえ、壁の時計は午前三時を指している。

「……ったく、変な時間に目が覚めちまった」

トイレに行こうと襖を開けたが、天久保は振り返らない。よく見ると両耳にイヤホンをしていた。

——なんの映画だろう。

高校の制服を着た男の子が、同じ制服の女の子に向かって何か話している。必死の形相で涙を浮かべて。彼女もまた泣いていた。何かを叫んで両手で顔を覆い、彼に背を向けた。

——恋愛映画か……。

高校生同士の恋愛映画なんて、なんだか天久保っぽくない。トラックで薔薇《ばら》を運んで登場したり、百億を海に撒《ま》くと豪語するような男には、バリバリのアクション映画の方が似合っている気がする。ちなみに深月はコメディが好きで、観る映画はそればかりだ。

夕暮れだ。場所は学校の自転車置き場だろう。彼女が駆け出す。彼が追いかける。

ああ青春。お腹《なか》の奥がこそばゆくなるようなベタなシーンを、それ以上観ていられなくて画面から目を逸らした。

――トイレトイレ。

襖を全開にして居間に足を踏み出すと、ようやく気配を感じた天久保がこちらを振り返った。その顔を目にした深月は、短く息を呑《の》み固まった。

驚いたように大きく見開かれたふたつの瞳は潤み、両頬《りょうほお》に涙の筋が伝っていた。

青春映画を観ながら、天久保は泣いていたのだ。

「あ……」

見てはいけないものを見てしまった。何か声をかけた方がいいのか、あるいは気づかないふりをしてトイレに向かった方がいいのか。ぐるぐる考えていると、天久保がリモコンの一時停止ボタンを押してイヤホンを外した。

「すみません、夜中に」

「いや……トイレに起きただけだから」

「前に夏海に勧められた映画、さっき見つけて買ってきたんです」

濡《ぬ》れた頬を拭《ぬぐ》いもせず、天久保はＤＶＤケースに視線をやった。確か三、四年前にヒットした恋愛映画だ。深月も当時夏海に勧められたが、結局観なかったので内容は知らない。

「面白いのか」

「はい。まだ序盤なんですけど、想像以上に引き込まれてしまって」

「……そっか」

序盤から泣けるほどいい映画だったのか。

「映画なんて観たの、何年ぶりだろう」

彼が彼女の両肩を揺すぶりながら何か叫んでいる場面で、映画は止まっている。沈む寸前の夕陽が校舎をオレンジ色に染めている。動かないふたりを、天久保はじっと見ている。

「本当に……本当に久しぶりで」

ひとり言のような呟きが、深月の心にずんと突き刺さった。

天久保はスーパーアルファだ。誰もが羨《うらや》むほどの才能にも恵まれ、それを惜しみなくテニスに向けてきた。けれどそれだけで世界ランキング二位まで上り詰められるはずもない。

百億を稼ぐため、天久保はこの十三年間、映画の一本も観ず、すべてを犠牲にしてテニスに打ち込んできたのだろう。元々恋愛映画が好きだったのかもしれない。アルファは概して感受性が豊かだと言われている。好きな映画を断ってまで、天久保はテニスに没頭した。

一日も早く深月を手に入れたい、その一心で。

そう思ったら、胸の奥がぎゅっと絞られるように痛んだ。

「おれも一緒に観ていいか」

「……え」

「この映画、おれも前に夏海に勧められたんだ。けど結局観なくて」

どうぞと答える代わりに、天久保は半身分、身体をずらした。

「最初から観ますか?」

「いい。まだ序盤なんだろ」

天久保の隣に腰を下ろし、ふたりで映画の続きを観た。

あと一時間もすれば東の空が明るくなってくるというのに、一体何をやっているのだろう。そんな冷めたことを考える間もなく、深月は映画に引き込まれた。

恋するふたりの前には、様々な障害が立ちはだかる。そのたびにふたりは言い争いと仲直りを繰り返し、手を取り合って乗り越える。頑張れと、誰もが応援したくなるほどふたりは恋に一生懸命だった。けれど運命は残酷で、二度と会うことが叶《かな》わなくなってしまう。

この子たちが何をしたっていうんだ。あんなに頑張ったのに。あんなに純粋にお互いを思い合っていたのに。気づけば深月の目からも、ぽろぽろと涙が零《こぼ》れ落ちていた。

人を好きになることがこんなに辛いなんて。実らない恋がこんなに悲しいなんて。深月はひっきりなしに涙を拭った。

それでもラストは、来世に希望を繋《つな》げるシーンで終わった。現世では結ばれることはなかったけれど、ふたりは来世で結ばれるんだ。きっと。絶対に。そう思ったらまた涙が溢《あふ》れた。

エンドロールが流れても、立ち上がることができなかった。天久保も微動だにせず、上から下に流れる画面を見つめている。

――番《つがい》になんか、なれなくてもいい。

その思いは、不意に胸に突き上げてきた。

天久保が好きだ。もう隠しようもないほど。

天久保はバカだ。脳筋の宇宙人だ。でも、それでも好きだ。たまらなく愛《いと》おしい。

愛おしくて、胸が苦しい。

言葉に出して思いを伝えようとした時、畳の上に放り出していた左手の指先に、つんと何かが当たった。ビリッと一瞬電気が走ったような気がして、それが天久保の指先だとわかった。思わず手を引こうとすると、今度は温かいものが重なった。

――天久保……。

天久保はエンドロールを見つめたまま、深月の手をぎゅっと強く握った。痺《しび》れるほどの力にはしかし「絶対に逃がさない」という意思を感じない。「どうか逃げないでください」という心の声が聞こえてきそうな、まるで祈るような強さだ。

アルファとオメガがひとつ屋根の下で暮らすこと自体、危険極まりないことだ。スーパーアルファは普通のアルファよりその特性を色濃く持つ。いつ無理矢理押し倒されて、無体されていてもおかしくなかったのだ。

けれど天久保はそうしなかった。

『俺があなたのことを好きなのと同じくらい、俺のことも好きになってほしいんです。ちゃんと恋愛をしたいんです』

あの言葉が嘘ではないという証拠だ。

握られた手のひらが、次第にじんじんと熱を帯びてくる。

逃げないで、逃げないで、俺を好きになってください、お願いだから――。

天久保の思いが伝わってくる。

――逃げないよ。

逃げるわけがない。だっておれも、お前に触れたい。

伝えるようにその手を握り返す。もう迷いはなかった。深月の反応に、天久保がゆっくりとこちらを振り向く。頼りなく揺れる瞳《ひとみ》の奥に、静かな炎が見えた。

どちらからともなく、顔が近づく。目を閉じた瞬間、唇が重なった。

「……っん……」

遠慮がちだったのは、ほんの数秒だった。

天久保はすぐに体勢を変え、深月を正面から抱きしめた。

「……っ……んっ」

息が止まりそうな強さで抱きしめられながら、唇を塞《ふさ》がれる。歯列を割って侵入してくる熱い舌に、深月の心臓はドクドクと激しく鳴った。

「部長……」

囁きが、泣き出しそうに震えている。傲慢《ごうまん》なようで、その実ひどく臆病《おくびょう》な年下アルファの身体を、深月は力いっぱい抱き返した。

「そういや、ファーストキスだな」

「……え」

「今の、おれのファーストキスだった」

十三年前の事件で、三人の犯人は誰も深月の唇には触れようとしなかった。もとより欲望を吐き出すためだけの、愛も恋もない行為だったのだから当然だ。「捨てられオメガ」になって恋を遠ざけ、気づけばキスも知らないまま三十一歳になっていた。

「引いたか？」

天久保は「いいえ」と首を振った。

「あなたの唇を知っているのが俺だけだと思うと……たまらなくなる。すごく興奮します」

天久保は真顔でそう言い、もう一度深月の唇を塞いだ。

「……んっ……ふっ……」

キスが、こんなにいやらしい行為だったなんて知らなかった。映画の中の高校生がしていた淡いキスとは、まるで違うキスだ。

「……っ……んんっ」

温度と湿度が急激に上がっていくのがわかる。部屋の空気も、吐息も、ふたりの身体も。

「匂いがする」

「……え」

「部長、そろそろヒートなんじゃないですか？」

天久保が居候を始めて三週間。つまり前回のヒートから明日でちょうど四週間目だ。深月はちょうど一週間前から抑制剤を飲み始めていた。

「多分。夕方くらいからヒート期間に入っていると思う」

「やっぱり」

「わかるのか」

「ええ。昼頃からすごく甘い匂いがしていたので」

深月が服用している抑制剤は、国内で手に入る最強クラスのものだ。ヒート期間中には多少のだるさは覚えるものの、他人との接触を控える必要はない。この十三年間、ヒート中にアルファと思しき人間とすれ違ったり、会話をしたこともあったが、ただの一度もフェロモンの匂いを指摘されたことはなかった。それなのに天久保は、ヒートに入る数時間前からフェロモンを感じ取っていた。

——やっぱりスーパーアルファって、すごいんだな。

「……あっ」

抱きしめられたまま畳の上に押し倒された。のしかかってくる天久保の股間《こかん》が、熱く硬くなっている。

「部長、俺を好きだって言ってください。でなきゃ、俺は……」

これ以上先に進むことができないということらしい。

「決めたんです。あなたにちゃんと好きになってもらわないうちは、手を出さないって」

天久保の欲望と同じくらい、深月のそこも硬くなっている。気づいていないはずはないのに。それでもなお深月の気持ちを重んじようとする。

——やっぱりこいつ、バカだ。

たまらない愛おしさが込み上げてくる。

「好きだ」

唇から零れたたった三文字の告白に、天久保は大きく目を見開き、息を呑んだ。

「お前が好きだ。だから、早く……」

抱いてくれと言葉にする前に、乱暴に唇を塞がれ、折れるほど強く抱きしめられた。

深月の部屋に移動し、布団の上で競うように服を脱がせ合う。下着ごとズボンを毟《むし》り取られると、熱を帯びた中心がふるんと勢いよく跳ねた。

「……きれいだ」

何がきれいなものかと、言い返す余裕もない。うっとりと呟きながら、天久保は残っていたボクサーショーツを自ら脱ぎ捨てた。

——うわ……。

現れた裸体に、深月の喉はごくりと浅ましくなった。

この三週間、何度となく想像した。しかし天を仰ぐように勃起した天久保の中心は、深月の想像を遥《はる》かに越えていた。目《ま》の当たりにした欲望に、身体の芯がじゅくじゅくと熱く疼《うず》き出す。抑制剤が切れたように、下半身がずくんと重苦しくなる。

「天久保……は、早く」

ねだる深月を、天久保は布団に横たえた。

「きれいだ……どこもかしこも」

潤んだ瞳が、生まれたままの姿になった深月を見下ろす。

「ここがもう、こんなに……」

まだ触れられてもいないのに先端がいやらしく濡れているのを指摘され、頰がカッと熱くなる。

「は、早く……」

細い腰が震える。羞恥《しゅうち》さえ、これからもたらされるであろう快感への期待の糧《かて》になってしまう。それほどまでに、深月は切羽詰まっていた。

「あんまり煽《あお》らないでください」

「あ、煽ってなんか」

「ブレーキが利かなくなる」

苦しげな吐息を漏らしながら、天久保は深月の胸の粒を吸った。その瞬間、きゅんと粒が硬くなるのがわかった。天久保の愛撫《あいぶ》がもたらした甘い毒が、身体中を一気に駆け巡る。

「ああっ、あっ……あぁ……」

なけなしの理性は吹き飛び、深月は声を上げてよがった。

「天久保……ああ、すごく、そこっ……」

「乳首、いいんですか？」

がくがくと頷くと、天久保はもう一度、もっと強く粒を吸った。反対の粒を指先で捏《こ》ね回され、嬌声《きょうせい》をこらえられなくなる。

「ああ……んっ、やっ……あぁ……」

甘えるような声が、自分の喉から出たものだと信じたくなくて、手の甲を唇に強く当てた。

「なにしてるんですか」

「こ、声が」

深月の手首を摑《つか》み、天久保は首を振った。

「塞いだら聞こえないでしょ、あなたの卑猥《ひわい》な声」

「なっ……」

「もっと聞かせてください」

囁きながら、天久保は耳朶《じだ》を舐《な》め回す。

「ひっ……やぁ……だっ……」

全身が総毛立ち、眦から涙が伝った。

「耳も感じるんですね。あちこち感じやすくて、嬉しいです」

いちいちうるさいと突き放したいのにできない。心とは裏腹に、身体は天久保を激しく求めてしまう。もっと、もっとと強欲に。

「なんていやらしい身体なんだ……想像以上です」

うっとり囁く声が、深月の劣情を煽る。

「天久保、は、早く……」

触ってほしくて、声が震える。天久保はようやく深月の欲望に触れた。

「ああ、あっ、やっ……」

「ぐしょぐしょですね」

乳首を弄《いじ》られている間にも、先端からは切ない体液が溢れ続け、幹を濡らしていた。

「いやらしくて……可愛いです」

濡れた幹を、天久保の大きな手のひらが包み込む。

「あ、あまっ、あ……っ、ああっ！」

二度、三度、軽く擦《こす》られただけで、深月は達してしまった。

「あぁぁ……っ……くっ……」

胸まで届くほど勢いよく精を吐き出しながら、びくびくと身体を震わせた。かつてないほど激しくイッたというのに、なぜだろう射精感が消えない。身体の奥にある襞《ひだ》がうずうずと甘く疼いて、天久保を求めている。

「俺も限界です」

天久保は深月の両脚を持ち上げ、左右に割った。

「やっ、やだっ」

反射的に足を閉じようとしたが、天久保はそれを許さない。達したばかりの欲望や、ふたつの袋、その下にある窄《すぼ》まりが、天久保の視線にさらされる。

「部長の身体は、ぜんぶ可愛い」

膝《ひざ》から内腿《うちもも》に、ねっとりと舌が這う。

「ああ……やぁ……んっ」

脚の付け根をちろちろと舐められ、腰から下が溶けてなくなりそうな快感に襲われる。

「ここも、可愛い……」

天久保の指が窄まりをつん、と突いた時だ。

『お前の中、めちゃくちゃ気持ちいいな……なあ、俺と番にならねえか？』

あの時のリュウの声が、突然脳裏に蘇った。深月はびくりと身体を竦《すく》ませる。

「どうしたんですか」

快感とは明らかに違う反応に、天久保が顔を上げた。

「……大丈夫だ。なんでもない」

口元を緩めてみせたが、天久保は訝《いぶか》しげにその目を眇《すが》め、窄まりを突いていた指を引いた。

深月の気持ちを感じるセンサーでも持っているのだろうか。今さらながら恐ろしく勘のいい男だ。

「部長、身体起こしてください」

「あ、うん」

もぞもぞと身体を起こすと、天久保は深月を自分と向かい合わせに座らせた。

「脚、開いてください……そう」

左右の足を天久保の太腿に載せると、バランスを崩した上半身がぐらりと仰《の》け反《ぞ》りそうになる。

「おっと……」

すかさず長い腕が背中に回り、倒れかけた深月の身体を支えた。

「俺の首に、腕回しててください」

「こ、こうか」

向かい合ったまま、おずおずと天久保の首に縋《すが》る。ふたりの身体が近づくと、当然のようにそこも近づき、触れた。

「一緒に……」

天久保は、欲望を両手で包むように握り込むと、深月の放ったものを潤滑油にして上下に扱《しご》き始めた。

「あっ……やっ、ああっ……」

くちゅくちゅと、淫猥《いんわい》な水音が響く。萎《な》えたばかりの中心があっという間に芯を取り戻すのがわかった。

「……また硬くなってきた」

「お前のも……熱くて……硬くて……あぁ……んっ」

もっと、もっと、激しくしてほしい。天久保が欲しくてたまらない。

「天久保……ああ、もっと、もっと、いっぱい擦って……」

腰を揺らす深月に、天久保の喉元がごくりと鳴った。

こんな淫《みだ》らな気分になったのは生まれて初めてだ。強い抑制剤を飲んでいるというのに、欲望の暴走を止められない。

「気持ちいいですか？」

「ああ……すごく……いい」

「俺も……」

天久保は、切なげに吐息を漏らしながら、深月の先端に指でなぞった。

「ああっ、あっ、やっ……」

敏感な割れ目をぬるぬると弄られ、深月は思わず背を反らせた。

「腕、放さないでくださいよ」

「そ、そんなこと言われても——ああ、やっ、そこっ……」

幹を擦られるのとは別の、鋭く強い快感が突き上げてくる。

「また、トロトロがいっぱい出てきた……」

「や……あぁぁ……んっ」

恥ずかしい指摘が、身体の芯に火をつける。

ぬちぬちと音を立てて、ふたりの熱が混じり合う。

「あっ、んっ……天久保、もうっ……もうっ」

限界を訴える深月の額に、天久保の荒い息がかかる。

「イきそうですか？」

「イ、イきそ、イくっ……出る……」

「俺も、もう……」

「あ……天、イきそ……イクっ……あぁ！」

ドクン、と二度目の精が飛び散る。

同時に天久保も「くっ……」と低く唸《うな》り、吐精した。

身体から力が抜け、天久保の首に絡っていた腕が解ける。後ろに倒れ込んだ深月に、天久保の身体が覆いかぶさってきた。

「部長、大丈夫ですか」

呼吸を整えながら天久保が尋ねる。大丈夫だと答えようとするのに、唇が動いてくれない。

「……部長？」

天久保の声が遠くなっていく。

甘い脱力感の中、深月はひと時意識を手放した。


一度結ばれてしまえば、もう歯止めは利かなかった。その日からふたりは、タガが外れたように毎夜互いを求め合った。

普通のオメガよりその血が色濃いナチュラルオメガが、指一本触れさせずにスーパーアルファと同居するなど土台無理な話だったのだ。天久保がその宇宙的（ある意味中坊的）発想で清く正しい純愛にこだわっていなければ、再会初日に関係を持っていたに違いない。そもそも好きとか嫌いとか、理性や感情を超えたところで求め合ってしまうのがアルファとオメガなのだから。

ヒートは予定通り一週間で終わった。薬で抑制しきれなかった微量のフェロモンを感じ取っているのだろう、天久保は深月を抱きながらしきりに『いい匂いだ』と囁いた。アルファにとっては堪《こた》えられない匂いなのだろう。しかしヒートが終われば当然匂いはなくなる。当たり前のことだが天久保は何も言わなくなった。

——ヒートが終わった途端、触ってくれなくなったりして……。

一抹《いちまつ》の不安は、幸い杞憂《きゆう》に終わった。八日目の夜、それまでと同じように求められた時には、ホッとするのと同時に嬉しくて泣きそうになった。

それほどまでに天久保を好きになっていた。天久保尊《たける》という男に、身も心も溺《おぼ》れていた。三十一歳にもなってと思うけれど、間違いなく深月は蕩《とろ》けるように甘い初恋の中にいた。

ただ天久保は決して最後までしようとしなかった。最初の夜、後孔《こうこう》に触れた時、深月が怯《おび》えた様子を見せたからだろう。天久保はあの日、深月がリュウたちにレイプされた現場を見ている。十三年も前のこととはいえ、あの事件が深月の心に残した傷が決して浅くはないことは容易に想像がつく。

その気遣いと優しさが嬉しい。大切にされていると感じられる。けれど事件の傷を癒してくれるのは天久保しかいないと思うのもまた、事実だった。

激しく射精した後も、後孔の疼きが残る。終わった後、トイレに行くふりをして自分で孔《あな》を弄ったこともある。天久保の灼熱《しゃくねつ》で襞を掻き回されたい。意識が飛ぶほど奥を抉《えぐ》ってほしい。なのに天久保は頑《かたく》なまでにそこに触れようとしない。深月がいいと言うまで、絶対に触れない。そんな強い意志を感じた。

何もかもがぶっ飛んでいるくせに、こんな時ばかり躾《しつけ》の行き届いた忠犬になる。互いの欲望を擦りたてながら、何度『挿れてくれ』と口走りそうになったかわからない。天久保とひとつになりたい。その気持ちは日に日に膨らんで深月を悩ませた。

ギリギリのところで口にしなかったのは他でもない、天久保に伝えていないことがあるからだ。あの日深月は、リュウに頸筋《けいきん》を噛まれ『捨てられオメガ』になった。もし挿入を許したらその瞬間、何も知らない天久保は深月と番になりたがるだろう。アルファがオメガに伝える「好き」は、「番になりたい」とイコールだ。

ふたりのうちどちらかが、最後まで結ばれたい欲望をこらえきれなくなった時、この関係は終わる。『捨てられオメガ』だと打ち明ければ、天久保は大きなショックを受けるだろう。思いが一途《いちず》な分落胆も大きいはずだ。遅かれ早かれ深月の元を去っていくだろう。アルファとオメガは、番の儀式をすることで初めて唯一無二の存在になるのだから。

――これはかりそめの恋。

わかっている。それでもこの関係をできる限り長く続けたい。道の先にあるのは崖《がけ》だとわかっていても、落ちて粉々になるその日まで、天久保と抱き合っていたい。

ようやく手にした恋。初めて愛した人。愛してくれた人。

たとえ永遠でなくてもいい。天久保と一緒にいられればそれでいい。

いくらかの強がりは否めないが、その気持ちに嘘はなかった。

「俺とあんこ、どっちが好きなんですか」

初めて結ばれてからちょうど二週間目の夜、天久保はひどく不機嫌そうにそう言った。

「なんだって？」

「だから、俺とあんことどっちが好きかって聞いているんです」

夕食後のデザートのどら焼きとたい焼きを交互に頬張りながら、うっとり呟いたひと言が原因だった。

『おれは、あんこさえあれば生きていける』

その台詞に、天久保が噛みついたのだ。

「そんなもん、あんこに決まってるだろ」

あんこと肩を並べようなど百万年早いわと鼻で笑うと、天久保はさらに機嫌を悪くした。

「つまりあなたは、あんこと俺が溺《おぼ》れていたら、あんこを助けるんですね」

「あんこは溺れない」

「たとえ話です」

「たとえがおかしいだろ」

気持ちを通わせた後も、天久保の宇宙人ぶりは健在だった。

「俺はあんこが憎い」

「お前に憎まれたところで、あんこは屁《へ》とも思わないだろうな」

「どうしてそんなに好きなんですか？　まさか生まれた時から好きだったんですか？」

生前母から離乳食にあんこを食べさせたという話を聞いたことはない。好きなものは好きなのであって理由などないが、時折ふと思い出す光景がある。

ナチュラルオメガだった深月は、幼い頃から年に二度、都内の大学病院に通院していた。

CT、MRI、超音波、採血に検尿。どこか具合が悪いわけでもないのに、ありとあらゆる検査をされた。中でもとりわけ憂鬱だったのは、直腸の奥にあるオメガ特有の生殖器の検査だった。肛門に指や器具を入れられ、中を捏ね回されることが嫌で嫌でたまらなかった。痛くて恥ずかしくて『やめて』と泣いて訴えても『もうちょっとだからね』と我慢を強いられる。検査の日が近づいてくると、深月はぐずぐず泣き出すようになった。

そんな息子に、母はある年からとっておきのご褒美を用意してくれた。

『いい子で検査を受けられたら、帰りに深月の大好きなあんみつ、食べさせてあげる』

大学病院の裏通りにある小さな甘味処。母は検査の帰りに必ずその店であんみつを食べさせてくれた。検査は嫌だったけれど、検査を受けないとあんみつを食べられない。深月は渋渋辛い検査を受けるようになった。

その頃の入江《いりえ》家は、端的に言って貧乏だった。身体の弱かった母はパートタイムの仕事しかできず、いわゆるワーキングプア状態だった。毎月生活費はギリギリで家賃も滞納していた。毎晩のおかずはスーパーの見切り品ばかりだったから、小学校に上がってもお菓子など食べたことがなかった。検査費が国費から賄《まかな》われていなければ、年に二度の通院もままならなかったに違いない。

初めて甘味処に入ったのは、まだ四つか五つの頃だったろうか。母はメニューを開いて『好きなのを頼みなさい』と微笑んだ。深月はドキドキしながらあんみつを頼んだ。優しい甘さのあんこは、たちまち深月を虜《とりこ》にした。

『あのね、みづきね、大きくなったら、あんみつやさんになる。おかあさんに、おっきなおっきなあんみつ、つくってあげるね』

『わあ、それは楽しみね』

優しい笑顔の母はいつも、決して自分の分を頼まなかった。『お母さんはお腹いっぱい』とお茶を飲みながら、深月があんみつを平らげるのを幸せそうに見つめていた。

剣崎《けんざき》との婚約が決まった日、母とふたりでその甘味処を訪れた。初めてふたりして、その店で一番高い「白玉抹茶クリームあんみつ」を頼んだ。食べながら、深月は初めて親孝行をした気持ちになった。深月も、本当は母も大好きで、だけど今までは貧しくて食べられなかった「白玉抹茶クリームあんみつ」。婚約が決まったことで、母にそれを食べさせてやれたことを少なからず誇りに感じた。

「そんなことがあったんですね」

天久保は神妙な面持ちで思い出話に聞き入っていた。

「まあ、それは単なるきっかけで、おれのあんこ好きは遺伝子に組み込まれているレベルだと思うけどな」

「俺も部長のこと、遺伝子に組み込まれているレベルで好きです」

そう言うと、天久保は深月の両手からどら焼きとたい焼きを奪った。

「おい、返せ——あっ……んっ……」

いきなり抱きしめられ、キスをされた。

「んっ……ふっ……」

唇を塞《ふさ》がれたまま、ゆっくりと畳に押し倒される。シャツの裾《すそ》から天久保の手が入り込んでくる。肉の薄い下腹をさわりと撫でられただけなのに、身体の奥に火がつくのがわかった。

「シャワー……浴びさせてくれ」

逃れようとする深月の腕を払い、天久保は「ダメです」と首を横に振る。

「汗臭い、から」

「部長の汗の匂い、好きなんです。たまらない気分になる……」

変態じみたことを囁きながら、天久保がのしかかってくる。

もしその匂いがフェロモン由来のものなら、抑制剤の効きが悪くなっているのかもしれない。ふと芽生えた不安はしかし、与えられる快感に呆気《あっけ》なく呑み込まれていく。

凝《しこ》った胸の粒をきゅっと摘《つ》ままれ、甘えたような吐息が漏れる。

「あ……あぁ……天久保……」

下腹の奥が熱を帯びてくる。実はこの頃、愛撫されるとそれだけで後ろが濡れるようになっていた。深月が抑制剤を服用しないヒートを経験したのは、目覚めの際の一度だけだ。あの時は確かに、後の孔がぐちゅぐちゅと濡れる感覚があった。けれどフェロモンと性欲を強い薬で抑え続けていたこの十三年間、自慰の最中に後ろが濡れたことは一度もなかった。

——天久保と、毎日こんなことしているからかな。

「部長の乳首の色って、すごくいやらしいですね」

深月のシャツをたくし上げ、天久保が呟く。

「……噛んでくれ」

「右と左、どっちがいいですか」

指でされるより、歯を立てられる方が感じる。痛さの寸前の快感がたまらなくて、それだけで射精してしまいそうになる。

「どっちでもいいから、早く……嚙んでくれ」

深月の淫らなおねだりに、天久保の瞳が獣の色を帯びる。

左の乳首にカリッと歯を立てられ、細い腰が戦慄《わなな》いた。

「やっ……あぁ……ん」

「このまま乳首だけでイけそうですね」

天久保は右の乳首を舌先でいやらしく弄《もてあそ》ぶ。上下左右に転がされたそれは、あっという間に硬く尖《とが》るけれど、射精にまでは至らない。

「下も……触ってくれ」

空いている天久保の左手を、熱く猛《たけ》った中心に導く。

「こんなに濡らして……部長の身体、どんどんエロくなってきますね」

指摘されるまでもない。それは深月が一番よくわかっていた。

天久保に抱きしめられるたび、触れられるたび、身体が変わっていく。

「ベトベトの先っぽ、指でくりくりされるの、好きでしょ？」

卑猥な囁きが劣情を煽る。

「してくれ……指で、くりくりって……」

理性など、もうどこにもない。天久保にブレーキを破壊された身体は、快感の頂上までスピードを緩めない。

「ったく……俺の方がもたなくなりそうです。部長、上になってください」

「あれ、するのか」

あれとは、いわゆるシックスナインのことだ。三日前に初めてその体位を経験した深月は、あまりのよさにその晩三度も達した。

おずおずと天久保の身体に跨《また》る。天久保の顔に性器を近づけると、忘れかけていた恥ずかしさが戻ってくる。けれども腰を引き寄せられ、濡れそぼった欲望を一気に喉奥まで咥《くわ》え込まれた瞬間、羞恥《しゅうち》は一瞬で霧散した。

「ああ……やっ……ぁぁ……そこ、ダメッ……」

裏筋をしつこく舐められ、同時にふたつの膨らみをやわやわと揉《も》まれ、深月は喉を反らしてよがった。ダメと口にすると、天久保はそこばかりを愛撫する。「ダメ」が「いい」の意味だとわかっているからだ。

「俺のもちゃんと咥えてください」

淫猥にそそり立つそれを咥えると、天久保が「っ……」と声にならない吐息を漏らした。ちゃんと感じてくれているんだなと思うと、深月の快感も深まる。

太くて長いそれは、先端が喉奥に届いても、深月の口には収まりきらない。ちょっと角度を間違えると嘔吐《はね》きそうになるけれど、自分の愛撫で育っていくのがわかるから愛おしくてたまらない。

「……すげえ、気持ちいい……です」

「おれも……あぁ……あっ……」

天久保の舌が、敏感な割れ目を這う。

「トロトロが……どんどん溢れてきます」

「やぁぁ……んっ」

「物欲しそうに、孔がパクパクして、めちゃくちゃいやらしい……」

ちろちろとイタズラしていた天久保の舌先が、突然小さな孔を抉るようにぐっと突き立てられた。その瞬間。

「あっ、ひっ……ああっ！」

とっくに限界だった深月は、激しく爆《は》ぜた。

小さな爆発のような射精に、深月は身体を戦慄かせる。

「あぁぁ……やっ、天久……ぁぁぁ……」

終わったはずなのに終わらない。あまりにも強く長く続く吐精に、深月は歯を食いしばって耐えた。天久保は深月を咥えたまま残滓《ざんし》を吸い上げ、ごくりと嚥下《えんか》した。

快感の去らない身体を持て余していると、立膝になった天久保が凶器のように猛った熱を深月の口元に近づけてきた。

「部長……してください」

待ち切れないのか、天久保が舌なめずりをしながら自分自身を擦っている。あまりにも卑猥な姿に、身体の奥がじくじく疼いて止まらない。

深月はゆっくりと半身を起こすと、血管を浮き立たせて怒張する天久保を咥えた。熱く猛ったものに、ねっとりと舌を絡《から》める。

「あ……すげっ……」

口の中のものがぐんと硬さを増す。自分の拙《つたな》い愛撫で感じてくれていることが嬉しかった。唇を窄めて力を入れる。喉奥を開き、なるべく深くそれを咥える。

「部長……ああ……」

深月は天久保の手をのけ、自分の指を添えた。唇で扱き上げながら強く擦り立てると、天久保が「あっ……」と切ない声を上げた。

「部長、イきそうです」

出せよ、と心の中で射精を促す。

うっ、と短く唸り、天久保が果てた。

「部長……あぁ、部長……」

ドクドクと放たれる白濁は大量で、深月の唇の端から溢れて流れた。

——天久保の味……。

深月はうっとりと目を閉じる。

もしも天井にもうひとりの自分がいて、この姿を見下ろしたとしたら、羞恥に脳を沸騰させるだろう。理性を捨て、淫靡《いんび》で卑猥な行為に耽溺《たんでき》している自分を、多分正視できない。

──でもきっと、これが本当のおれだ。

ほんのひと月前まで、自分にこんな時間が訪れるとは思っていなかった。けれどこうなったことを後悔はしていない。

なぜなら深月は今、これまでの人生で一番幸せだからだ。

天久保の汗ばんだ胸板にそっと頬を寄せる。ドクドクと激しく打つ鼓動が、子守唄のように深月を安心させた。

「部長……」

「……なんだ」

「俺、ずっとここにいますから」

そこはお前、「いてもいいですか」だろうと可笑《おか》しくなる。天久保の長い指が、汗で額に貼りついた深月の前髪をそっと梳《す》いた。

「部長が出ていけって言っても、絶対に出ていきませんから」

「……勝手にしろ」

出ていけなんて、今さらだろ。

──おれも、お前とずっと一緒にいたいよ、天久保……。

天久保の唇が額に落ちる。深月は甘いまどろみに身を任せた。

翌朝、その知らせは唐突にもたらされた。

「俺は行かないと言ったはず……それはわかっています。けど俺はもう……」

天久保のスマホが鳴ったのは、朝六時過ぎのことだった。深月を起こさないようにそっと布団を抜け出した天久保は、居間の片隅で声を潜めている。

「申し訳ありません。いくら磯村さんの頼みでも、今回のお話は……」

どうやら電話の相手はマネージャーの磯村のようだ。こんな早朝に一体なんの用だろう。

深月は布団から這い出し、襖の前で耳を欹《そばだ》てた。

「……会うだけなら……え、今日ですか？　そんな、急に言われても……」

五分も話しただろうか、天久保は電話を切り、大きなため息をついた。

「おはよう」

襖を開けると、驚いたような顔がこちらを振り返る。

「すみません、起こしてしまって」

「電話、マネージャーさんからなのか？」

天久保は無言で小さく頷いた。スポンサーの説得が上手《うま》くいっていないのだろうか。

「午前中に、磯村さんが来ます」

「何かあったのか」

「あったというか……」

天久保が表情を曇らせ「実は」と話し出した。

昨日、根回し中だったスポンサーのひとつから、磯村の元に連絡があった。社長の息子で十一歳になる少年が、難病に侵され二年前から闘病生活を送っているという。臓器移植以外に完治は望めない状態なのだが、適合者を待つ間に症状が悪化し、海外で移植手術を受けることも叶わなくなってしまったらしい。

「その子はテニス少年で、俺の熱烈なファンなんだそうです」

「お前に会いたがっているんだな」

難病の子供たちの夢を叶える手伝いをするボランティア団体の存在は、深月も知っているが、今回は父親の会社がスポンサーということもあり、磯村に直接連絡が来たのだという。

「すぐにでも行って会ってやれよ。難病なんだろ？　なにを躊躇《ためら》っているんだ」

「会いますよ。会いますけど……」

天久保は何かを言いかけ、そのまま口を噤《つぐ》み「顔洗ってきます」と立ち上がってしまった。何か事情があるのだろうか。深月はそれ以上問い詰めることをしなかった。

昼前、玄関前に黒塗りのセダンが停まった。ちょうど客足が途切れたところだったので、深月は天久保を見送ることにした。

運転席から出てきた磯村が玄関先の深月に気づき、静かに一礼した。四十代前半だろうか、落ち着いた雰囲気の紳士だ。

「天久保くんがお世話になっております」

「いえ……」

深月も小さく会釈を返す。ふたりの関係を知られていると思うと、どうにも気恥ずかしい。

「天久保くん、実は――」

磯村が天久保の耳に何か囁く。その途端、天久保が「えっ」と声を上げた。

「困ります。どうして連絡してくれなかったんですか」

「何度も電話もしたし、メッセージも入れたよ」

天久保が慌ててポケットからスマホを取り出し、舌打ちをした。どうやら磯村からの連絡に気づかなかったらしい。

「お迎えに上がろうとしたら、私のマンションの前で待っていらっしゃって……何度も頭を下げられてお断りできなかった。もし前向きな返事がもらえなかったら、ご自分で直接きみにお願いしたいとおっしゃって」

「そんな……」

天久保が明らかに動揺している。何が起こったのかわからずふたりの様子を見守っていると、後部座席のドアが開き、スーツ姿の男性がゆっくりと降り立った。

「あっ……」

その姿を目にした深月は、息を呑んで固まった。

深月に気づいた男性も、目を大きく見開いて動きを止めた。

「深月くん……」

「剣崎さん……」

見つめ合ったまま、動くことができない。剣崎製作所が天久保のスポンサーになっていたなんて、夢にも思わなかった。十三年の年月は彼の顔に年相応の皺《しわ》を刻んでいたが、それでも穏やかで優しげな面影は当時と変わらなかった。

「天久保くんがお世話になっている甘味処の店長というのは、きみだったのか」

深月と天久保を交互に見やり、剣崎が呆然《ぼうぜん》と呟く。天久保は深いため息をつき、俯いてしまった。

「おふたりは知り合いだったんですか？」

事情を知らない磯村が間で戸惑っている。

「古い知り合いです。十三年ぶりかな」

「……そうですね」

深月は頷き、斜め前にある天久保の背中に問いかけた。

「天久保、お前、知っていたんだな」

「……………」

天久保は振り返ることすらしない。それが答えだということだろう。

地球の常識を備えていない男だ。けれど難病に苦しんでいる子供が自分に会いたがっていると聞いて、躊躇うような人間ではない。

天久保が躊躇《ちゅうちょ》していた理由はひとつ。子供の父親が剣崎であり、剣崎がかつて深月と婚約していた男であり、さらにはあの事件をきっかけに一方的に婚約を解消した男だと知っていたからだ。

病気と闘う子供に会って励ましてやりたい気持ちはある。けれどその父親はかつて深月の心を傷つけた男。しかも深月との婚約を解消してからそれほど時を置かずに別のパートナーを見つけている。相手が女性なのかオメガ男性なのかは知らないが、十一歳の息子がいるということはつまり、そういうことなのだろう。

「深月くん、私はきみを深く傷つけた。今さら何をどう謝っても許してもらえるとは思っていない。最低の人間だと罵《ののし》られても仕方がないことをしたと思うし、虫のいいことを言っている自覚はある。けど、それでも私はあの子を、海翔《かいと》を元気づけたいんだ」

剣崎は深月と天久保の関係を察したようだ。一方的に婚約を破棄し、深月を傷つけた過去が今、天久保に息子と会うことを躊躇させている。皮肉な巡り合わせだとは思うが、深月の心は驚くほど凪《な》いでいた。

「このままじゃ、海翔はいつまで生きられるかわからない。だんだん弱っていくのに、それでも毎日言うんだ。『今年のロンドンオープンは、ウルフが優勝する』って……」

剣崎は瞳に光るものを浮かべながら、天久保の方を向き直った。

「天久保くん、私はかつてきみの大切な人を傷つけ、捨てた。今さらどの面下げてと自分でも思う。どんな誹《そし》りも受ける。けどあの子は……海翔は……頼む、この通りだ」

剣崎が腰を九十度に折った。

「剣崎さん、頭を上げてください」

磯村がおろおろするが、剣崎は頭を上げない。天久保がゆっくりと深月を振り返った。

当時のあれこれが脳裏に浮かんでも、それほど胸を痛めていない自分にちょっぴり驚く。婚約を解消され、その後の人生が大きく変わってしまったことで、母とふたり途方に暮れたのは事実だし、「捨てられオメガ」として生きることを受け入れるのには時間もかかった。

確かにとても傷ついた。けれどそれはもう過去のことだ。

「行けよ、天久保」

「…………」

「おれは今、幸せだよ、天久保」

天久保の目を見て、深月は静かに微笑んだ。

多分自分は、天久保が想像しているほど剣崎を恨んではいない。過去を完全に忘れ去ることは難しいけれど、それに囚《とら》われて動けなくなるほど弱くはない。

深月の気持ちを慮《おもんぱか》って躊躇する天久保の優しさが胸に沁《し》みる。けれど今はそんなことを言っている場合ではない。こうしている間にも海翔は、辛い病と闘っているのだから。

「早く行けって。行って海翔くんを励ましてやれ」

天久保は黙って拳《こぶし》を握った。

「今ここで行かなかったら、おれはお前を軽蔑する」

「部長……」

「深月くん……」

ありがとう、と剣崎が口元を覆って嗚咽《おえつ》する。天久保と磯村が目を合わせて頷いた。

天久保が何か言いかけた時、店の方から声がした。

「部長、俺」

「店長～、今日はお休みかね～？」

常連さんの声だ。

「いらっしゃいませ！　今行きます！」

深月は店に向かって大きな声で返事をした。

「剣崎さん、海翔くんきっと、天久保に会って元気になりますよ」

「ありがとう、深月くん」

「じゃあな、天久保」

「夕方には戻ります」

ああ、と曖昧《あいまい》に頷き、深月は店に向かった。喉まで出かかった「行ってらっしゃい」を呑み込んだのは、ひとつの予感があったからだ。

——天久保は、このまま戻ってこないかもしれない。

昔から、こういう勘はよく当たる方だ。

そして時を置かず、深月はその予感が外れていなかったことを知る。


夕方には戻ると言っていた天久保だが、午後になって【今日は帰れなくなりました】とメッセージをよこした。電話ではなくメッセージアプリで届いた連絡に、深月の心は沈んだ。天久保の心が揺れている証拠だ。

——ただの予感だ。必ず当たるとは限らない。でも……。

頼むから外れてくれないかと、柄にもなく神さまに祈ったりした。

翌朝、今度は電話があった。

『すみません。しばらく帰れなくなりました』

その神妙な声に、深月はやはりと目を閉じた。

剣崎のひとり息子・海翔の病状は重篤だったが、病室に現れた天久保の姿に、目を潤ませて喜んだという。

『ありがとう、ウルフ……ほんとに来てくれるなんて、夢みたいだ』

酸素マスクを外し、海翔は弱々しく微笑んだ。

『僕ね……今年のロンドンオープン、ウルフが優勝すると思う』

何も答えられない天久保に、海翔は苦しそうに続けた。

『夢に見たんだ。絶対に、絶対に優勝する……そしてウルフが優勝したら、僕の病気も、治る……そう信じてるんだ』

闘病生活を送っている海翔は、天久保が姿をくらまし、電撃引退が囁かれていることなど知る由《よし》もない。

『でも僕……ロンドンオープンまで、生きていられるかな……』

天久保は、寂しそうに呟く海翔の手をぎゅっと握った。

『必ず優勝する。だから海翔くんも頑張れ』

憧れのウルフの約束に、海翔は涙を流して頷いたという。

六月から七月にかけて行われるロンドンオープンに出場するためには、一ヶ月前までにエントリーを済ませなければならない。期限まで一週間を切っている。迷っている暇はない。

『部長、俺、必ず——』

「勝てよ。海翔くんのために」

――そして何よりお前自身のために。

百億を稼ぐためテニスを続けていたと天久保は言う。それは事実なのだろうが、真実ではないと深月は思っている。

天賦の才能を武器に世界二位まで駆け上がった天久保は、まさに選ばれしテニスプレーヤーだ。世界中のファンからのみならず、テニスの神さまにも愛されているであろうことに疑いの余地はない。けどそれは神さまの片思いなどではない。天久保自身、テニスという競技を深く愛しているのだ。

天久保はテニスが好きだ。誰よりも強く愛している。しかし三歳でラケットを握った彼にとってテニスをするということは、息をするのと同義になってしまっている。呼吸が好きだという人間がいないように、天久保にはテニスが好きだという自覚がないのだ。

呼吸がままならなくなると苦しい。だから天久保は毎夜ランニングに出かける。マグロは泳いでいないと死ぬ。だから天久保は筋トレを欠かさない。時折夏海のラケットを借りて素振りもする。

テニスをしていない天久保は天久保じゃない。一日でも早く百億を稼ぎたかったという告白は嘘ではないだろう。けれど決して百億を稼ぐため〝だけ〟にテニスをしてきたわけではないはずだ。

天久保は脳が筋肉でできているから、地方都市の商店街の流行《はや》らない甘味処で、毎日毎日皿洗いをする生活に何の違和感も持っていないのだろう。しかし深月にはわかる。今ここでテニスを辞めたら、いつかきっと後悔する時が来る。

「お前なら大丈夫だ。きっと優勝できる」

ちゃんと明るい声に聞こえただろうか。

『勝手言って申し訳ありません。一度戻って荷物を――』

「来なくていい」

きっぱり告げると、スマホの向こうで天久保が息を呑むのがわかった。

「荷物のためにわざわざ戻ってくる必要はない」

『荷物のためだけじゃありません。俺はあなたに――』

「お前の荷物なんてたかが知れてる。明日にでもまとめて送ってやるよ」

『部長……』

「あ、お客さんだ。切るぞ」

時には演技力が必要だと、三十一歳は知っている。

『ちょっと待ってください、部長』

「身体に気をつけて頑張れよ。じゃあな」

一方的に通話を切った。

朝日が差し込む畳を見つめながら、「これでいいんだ」と誰にともなく呟いた。

天久保の声が、耳の奥に残っている。

『部長、俺、必ず――』

その続きが『優勝します』ではないことはわかっていた。だから言わせなかった。『必ず戻ってきます』なんて言われたら、きっとその言葉に縋ってしまう。何ヶ月でも何年でも、天久保が戻ってくるのを待ってしまう。

深月はぐっと奥歯を噛み締めた。

魚が海に帰っただけ。宇宙人が宇宙に帰っただけ。それだけのことだ。海に戻った魚は二度と陸で暮らしたいなどと思わないだろう。

天久保を必要としているのは自分だけじゃない。天久保のプレーを生きる力に代えているファンは、海翔ひとりでないはずだ。みんなの夢を独り占めすることはできない。たとえ本人がそれを望んだとしても。

「さっ、朝飯、朝飯。今朝はあんこ大盛りにしちゃおうっと」

ひとりごちて、のろりと畳から立ち上がる。こんなにやる気の出ない朝は久しぶりだ。

戸棚から食パンを三枚取り出そうとして、すぐに二枚袋に戻した。

『天久保、お前今日は何枚だ』

『二枚お願いします』

『足りるのか』

『肉も食いますから』

『朝からステーキとか、よく食えるよな』

『部長こそ、朝からあんことか、よく食えますね』

蘇ってくる光景と会話を、頭を振って遮った。

「食パンの減りが少なくなるな。いいことだ」

小倉あんの容器を取り出そうと冷蔵庫を開ける。天久保の残していった高級肉が中央にデンと鎮座していた。妙にエロい仕草で肉にかぶりつく横顔が、ふっと浮かんで消えた。

何をしても何を見ても、否応なしに思い出す。

たったの一ヶ月で天久保は、深月の暮らしに深く溶け込んでいた。

「戻るだけだ。ひと月前の生活に……」

上等すぎる置き土産《みやげ》を見つめながら呟いてみたけれど、そう簡単には戻れないだろうことは、深月が一番よくわかっていた。


辛い時苦しい時、部屋に閉じこもっていられる人はある意味幸せだ。食べるために働くのか、働くために食べるのかという論争があるが、深月は間違いなく前者だ。働かざる者食うべからず。頼れる親も身内もいない深月は、店を閉めれば即おまんまの食い上げなのだ。

天久保がいなくても太陽は上り、沈む。落ち込みすぎてあんこの味がわからなくなろうと、地球は回り続ける。

天久保がいなくなって十日。気がつけばため息ばかりついているのは、深月だけではなかった。

「天久保さん、どうしてるでしょうね」

「……さあな」

「調整上手くいってるといいですね」

夏海が遠い目で呟く。

「……だな」

客足が途切れるたび、ふたりでカウンターの丸椅子《まるいす》に腰を下ろし、交互にため息をつくのが日課になってしまった。定期的にお通夜を営んでいるような気分だ。

「店長」

「……ん」

「天久保さん、ロンドンオープンが終わったら帰ってくるんですよね」

一瞬答えに迷い、深月は肩を竦めた。

「おれに訊《き》くなよ」

「すみません。でも店長は、何か聞いているんじゃないかと思って」

夏海は大人しいが、勘のいい青年だ。深月と天久保がそういう関係になったことにも、おそらく早い時点で気づいていたはずだ。番の儀式にまで至ったのかどうかは別にして、ロンドンに旅立つ際、深月にだけは何か言い残していったに違いないと思ったのだろう。

「あいつのことはあいつが決める」

「……でも」

躊躇うような視線を横顔に感じた。それでいいんですかと言葉に出さない夏海の優しさが伝わってきて、余計に切なくなる。

「大会が始まったら、一緒に応援しましょうね」

「ああ、そうだな」

「試合の日、店長のところに泊めてもらってもいいですか？」

「もちろんだ」

ひとりで天久保の試合を観戦する勇気はない。夏海がいてくれれば願ったり叶ったりだ。

もしや夏海は、そんな深月の寂しさを慮っているのだろうか。だとしたら自分はこのひと回り近くも年下の青年に、どれほど心配をかけているのだろう。

ちょっとどころじゃなく情けなくなるけれど、それ以上にありがたい。夏海の好意に縋ってしまいたくなるほどには、弱っている自覚があった。

ほどなく深月はヒートに入った。前回のヒート期間は毎日のように天久保と睦《むつ》みあってい
た。抑制剤を飲みながらではあったが、それでも毎夜激しく感じ、乱れまくった。

その影響だろうか、今回のヒートはいつものものと明らかに違った。普段通り一週間前から抑制剤を服用していたにも拘《かか》わらず、身体の疼きが普段とは比べ物にならないくらい強い。熱っぽさもひどく、体温を測ると三十七度五分あった。

初日こそどうにかやり過ごしたが、二日目の朝、深月は布団から起き上がることができなくなった。慶介に叱《しか》られるのを覚悟で、昨夜は倍量の抑制剤を飲んだ。それなのに朝から股間が張りつめ、後孔がじっとりと濡れた。

ふらふらしながらも店に立つことができたのは、すべてを察した夏海が機敏に立ち回ってくれたおかげだ。

「大丈夫ですか、店長」

「平気だ。心配いらない」

「顔色が悪いです。無理しないでキツイようなら上で休んでいてください。今日はお客さん少ないんで、僕ひとりでなんとか回せますから」

「ありがとう、夏海。でも大丈夫だから」

アルファと、それもスーパーアルファと何度も肌を合わせたのだ。なんらかの影響があるかもしれないと予想はしていたが、まさかこれほど顕著に現れるとは思っていなかった。

——天久保……。

その表情、仕草、素肌の感触、極まる時の荒い吐息——。リアルに蘇ってきた愛しい思い出に、深月は激しく頭を振る。

思い出せばなおさら辛くなるだけだ。身体も、そして心も。

「いらっしゃいませ」

男性客がひとり入ってきた。夏海は入り口近くのテーブルで別の客の注文を取っている。深月はお盆にジャグを載せ、男性客が腰を下ろした一番奥の席に向かった。

時々ひとりでやってきて、必ずプリンアラモードを注文する客だ。歳は深月よりいくらか上だろうか、三十代半ばと思しきがっしりとした体格の男性だ。男性がひとりで甘味処の暖《の》簾《れん》をくぐるのは、多少なりとも勇気がいるのだろう、いつもちょっと恥ずかしそうに一番奥の席に着く。

——よっぽどプリンアラモードが好きなんだな。

定期的に食べずにはいられない気持ちはわかる。あんこがないと生きていかれない深月は、うっとりと幸せそうにプリンを口に運ぶその男性に、ひっそりと親近感を覚えていた。

「いらっしゃいませ」

水を注いだコップをテーブルに置いた時だ。ぐらりと視界が歪《ゆが》んだ。腰の奥がずんと重くなる。

——マズイな。

「プリンアラモードひとつ、お願いします」

「かしこまりました」

予想通りの注文に、どうにか笑顔で応える。

——さすがにちょっと厳しいか……。

夏海には申し訳ないが、やはり少し休んだ方がいいかもしれない。そんなことを考えながら「少々お待ちください」とテーブルに背を向けた時だ。「あの」と男性が声をかけてきた。

「はい？」

「失礼を承知で伺いますが」

「何でしょうか」

男性客の顔からいつの間にか笑顔が消えている。この短いやり取りの中に何か不手際があったのだろうか。不安を過《よぎ》らせた深月だったが、彼から返ってきたのは予想もしない反応だった。

「店長さん、オメガですよね？」

「……え」

一瞬にして、表情が強張《こわば》るのがわかった。

「フェロモンが、漏れてます」

低い声で囁かれ、深月はハッと息を呑んだ。

目の前の大柄な男性客は、ひどく戸惑ったように深月を見上げている。

――この人、アルファだったのか。

大柄な体格、凛《りん》と整った顔つき。確かにアルファそのものだ。

「私はアルファです。仕事上、初対面の方と接触する機会が多いので、トラブルを避けるために普段は発情抑制剤を服用しているんですけど」

オメガが服用する抑制剤は、ヒートの症状とフェロモン分泌を抑える「フェロモン抑制剤」だ。対してアルファが服用するのは「発情抑制剤」だ。明らかにオメガとわかる人間と接触しなければならない時、多くのアルファは間違いを予防するために発情抑制剤を服用する。

「今日は仕事が休みなので、飲んできませんでした」

よもや行きつけの甘味処の店長がオメガだとは思いもしなかったのだろう。話している間にも深月の放つフェロモンに当てられているのか、男性客は次第に苦しげに、早口になる。

深月は一歩、二歩、とテーブルから退いた。

「申し訳……ありません」

抑制剤はちゃんと飲んでいるんですけど。言い訳をする前に、男性客がガタリと音を立てて椅子から立ち上がった。

「すみません。失礼します」

よろけるように店を出て行く男性客の背中を、深月は呆然と見送った。

——なんで……。

倍量の抑制剤を飲んでも、フェロモンが漏れている。

その事実が、どうにか踏ん張っていた深月の足から力を奪った。

「店長！」

ガクリと膝を落とした深月に、夏海が駆け寄る。

「悪い……ちょっとふらついただけだ」

「顔、真っ青です。横になった方がいいです」

強がる気力も失《う》せていた。夏海の進言に、深月は小さく頷いた。


翌日から五日間、『まめすけ』を臨時休業することにした。断腸の思いだったが、身体の疼きが酷《ひど》く、とてもまともに接客ができる状態ではなかった。何よりフェロモンを抑えきれない以上、店に立つことはできない。

——このままどんどん効かなくなっていくんだろうか……。

布団の中で背中を丸め、深月はぎゅっと目を閉じた。

抑制剤が効かなくなってしまうことは、この社会の一員として生きていくことができなくなることを意味している。十三年前、一度だけ経験した抑制剤なしのヒート。あんなものに四週間に一度襲われるなんて、想像しただけでおかしくなりそうだった。

「天久保……」

気づけばその名前を唇に載せていた。

天久保の灼熱で奥を掻き回してほしい。いやらしい腰つきで壊れるほど突いてほしい。矢も楯《たて》もたまらず掛布団を剝《は》ぐと、深月はパジャマのズボンを脱ぎ捨て、後孔に指を挿し入れた。

「ああ……あっ、んっ……天久保……」

しとどに濡れそぼったそこは、潤滑剤などなくても二本の指をすんなりと迎え入れた。

「やっ……そこっ……あぁぁ……」

空想の中の天久保が、乱暴に深月を犯す。部長、部長と、呼ぶ声が聞こえるようだ。

「天久、あっ……ひっ、ああっ！」

あっという間に達してしまった。用意しておいたタオルの上に、白濁が飛ぶ。

そういえば天久保は、深月が後ろだけでイけることを知らないまま いなくなってしまった。

嵐のように登場し、深月の心をさんざん掻き回し、嵐のように去っていった。平穏だった日常は、天久保によってまったく別の色に塗り替えられてしまった。

特別楽しいこともないけれど特別辛いこともない。そんな毎日が幸せなのだと思っていた。

忘れられない過去とか消えない傷とか、ひとつも抱えずに暮らしている人間は多分いない。

それでも人はなんとか生きている。日々感じる小さな幸せは、嘘でも幻でもない。思い出したくもない辛い記憶を完全に封印することはできなくても、幸せの欠片《かけら》を集めながら静かにゆっくりと歳を重ねていくことができれば、それでいいと思っていた。

思いたかったのに。

「もう……戻れないよ、天久保」

お前がいなかった頃になんか、戻れない。

認めてしまった瞬間、堰《せき》を切ったように涙が溢れ出した。布団の上で下半身を丸出しにしたまま、深月は激しく嗚咽した。

「でもっ……戻らなくちゃ、いけないんだ、よなっ……くうっ……」

『俺があなたのことを好きなのと同じくらい、俺のことも好きになってほしいんです。ちゃんと恋愛をしたいんです』

まんまと好きになってしまった。その結果がこれだ。

顔をぐしゃぐしゃにして泣きながら、乾いた嗤《わら》いが込み上げてくる。

「ううっ……くっ……」

天久保に会いたくて、声が聞きたくて、気が変になりそうだった。どんなに強く歯を食いしばっても嗚咽が漏れる。とめどなく涙を溢れさせながら、そこはまた性懲りもなく熱を帯びてくる。イッたばかりなのにまた身体の奥が疼いて辛いけれど、それ以上に辛いのは心だ。

「天久保……」

たまらず傍らのスマホに手を伸ばした。

あれから天久保から一度も連絡がないのは、半月後に迫った大会に集中したいからだろう。出ると決めた試合は勝ちに行く。天久保はプロだ。

——でも……。

ほんの一秒だけ。「はい」のひと言だけでいい。

震える指で愛しい名前をタップしようとした時、手のひらのスマホが震えた。

一瞬「まさか」と心が浮き立ったが、期待はすぐに裏切られた。表示されていたのは、天久保の名前ではなかった。

「はい、入江です」

『こんな時間にすみません。磯村です』

時計の針は午後十一時を指している。ロンドンは何時なのだろう。

「何かありましたか」

磯村からの電話は二度目だ。一度目は天久保の荷物の送付先を知らせるだけの事務的な連絡だった。こんな時間の電話に、天久保が怪我《けが》でもしたのかと不安が過る。

『いいえ、特別なことは何も。ただ昨日、天久保くんに「入江さんに連絡しているのか」と尋ねたら「一度もしていない」と言うので』

「ええ。連絡は取り合っていません」

少し間があって、磯村は『そうですか……』と呟いた。

『実は天久保くん、ものすごい迫力で練習しているんです。才能は並外れていますし、元々練習熱心でしたが、今回のことがあってエンジンのギアが一段階上がったというか』

ロンドンに到着してから、毎日鬼気迫るように練習に打ち込んでいるのだという。磯村の口調は静かだったが、滲《にじ》んでいるのは確かな喜びだった。

「それは……何よりですね」

『入江さんのおかげです』

「おれは何も」

『いいえ、入江さんが天久保くんの背中を押してくださったおかげです。もしあなたに引き留められたら、天久保くんはロンドンオープン出場を決心できなかったかもしれません。あなたが彼を手放す覚悟をしてくれたおかげです』

手放す。その言葉は深月の心を深く突き刺した。

『天久保くん、一度は本気で引退を決意しました。けれど今の彼を見ていると、ああ、彼はテニスをやめるべきじゃないと心から感じます。天久保くんのテニスの魅力は唯一無二です。彼に代わるようなプレーヤーは、おそらく金輪際現れないでしょう』

「………」

『入江さんが天久保くんにとってどれほど特別な存在なのかは聞いています。だからこそ、今回の英断を、私は感謝しているんです。天久保くんをコートに戻してくださって、本当にありがとうございました』

真摯《しんし》に礼を告げる磯村に、なんと返事をしたのか覚えていない。

宇宙人は宇宙に。魚は海に——。帰れと言ったのは自分だ。

電話を切った深月は、布団にぺたりと座り込んだまま、ひと晩中壁の染みを見つめていた。

ヒート期間が明けた翌々日は『まめすけ』の定休日だった。体調が今ひとつだったので昼過ぎまでゴロゴロしていたが、夕方、思い切って慶介のクリニックを訪ねることにした。

次の来院予定は来月だったが、先月処方してもらった抑制剤を飲み干してしまったのだ。ヒートの症状が強くなり倍量を服用しなければならなかったことは、あらかじめ電話で伝えておいた。慶介は深月の顔を見るなり小さく眉根を寄せた。

「痩せたな」

「そうか？　一昨日《おととい》ヒートが終わってからは、食欲もりもりだけど」

元気そうに笑ってみせたが、実はこの一週間で三キロも体重が落ちていた。

「頬がこけている」

「気のせいだろ」

「……深月」

「あ、そうだ、今夜寿司でもどうだ？　ほら、先月誘ってくれたところ」

「………」

言いたいことは山ほどあるのだろうが、慶介はとりあえず「わかった」と頷いた。

「ちょうど俺も、ゆっくり話したいことがあったんだ」

慶介は腕時計を見る。

「あと一時間で診療が終わるから、向かいのカフェで待っていてくれ」

話ってなんだろうと訝りながらも、深月は「了解」と頷き診察室を出た。

およそ一時間後、カフェに慶介がやってきた。五分しか過ぎていないのに息を切らして飛び込んでくるところが慶介らしいと思う。昔から時間にきっちりした男だった。

そのままふたりで寿司屋に向かった。回らない寿司屋は久しぶりだ。カウンター席に座るのかと思ったが、慶介は奥まった座敷席を指定した。せっかくならカウンターがよかったのに。そんな気持ちが顔に出てしまったのか、慶介が苦笑する。

「カウンターはまた今度な。今夜はゆっくり話したい」

注文を取り終えた店員が襖を閉めるのを待って、慶介がテーブルに身を乗り出した。

「天久保、ロンドンオープン出るそうだな」

取材は拒否しているが、天久保がロンドンオープンに出場するという話題は連日ワイドシヨーを賑わしている。

「どうして行かせたんだ」

「行かせるも何も、あいつが決めたことだ」

海翔の件は、厳重に伏せられている。万が一情報が漏れれば、マスコミが大挙して病院に押しかけるだろう。そんな事態は絶対に避けなければならない。

「けど……」

慶介は少し言いあぐねて、意を決したように口を開いた。

「率直に訊く。あいつと、そういう関係になったんじゃないのか」

深月は俯けていた顔を上げ、すぐにまた視線をテーブルに落とした。今さら否定するつもりはないけれど、「実はそうなんだ」と認めるのも気恥ずかしい。

「あっと言う間に終わったけどな」

慶介は「そうか」と、そっと目を伏せた。

「急激に抑制剤の効きが悪くなってきたのは、そのせいなのかな。つまりあいつと……そういうことをしたから」

「断言はできないが、関係があると考えるのが自然だろうな」

そもそも深月はこの十三年間、強い抑制剤を短いスパンで飲み続けてきた。慶介の計算によると、一般的なオメガが一生かけて服用する量を遥かに超えているらしい。徐々に効き目が薄れてきていたところに、スーパーアルファと深い接触を持ったことで、抑制力がいっきに低下した——。

「確固たるエビデンスがあるわけじゃないから、はっきりは言えないが」

酒と料理が運ばれてきた。滅多に口にすることのない新鮮な海の幸に、辛口の日本酒がよく合った。

「美味《うま》いな」

口元を綻《ほころ》ばせると、慶介が「よかった」と微笑んだ。

「昔から、お前が連れてきてくれる店は、どこも美味い」

「何年付き合ってると思う。お前の嗜好は把握済みだ」

「だよな」

「なあ、深月」

慶介が箸《はし》を置いた。

「俺と、結婚しないか」

「けっ……げほっ、ごほっ」

噎《む》せる深月に慶介がおしぼりを差し出す。

「な……こほっ、なんだよ急に」

「急じゃない。ずっと考えていたことだ」

「猪口《ちょく》をテーブルに置いた。

「冗談じゃない。俺と結婚しよう」

慶介の眼差《まなざ》しは、怖いくらい真剣だった。深月も手にしていた猪口《ちょく》をテーブルに置いた。

「残念なことだが、お前の身体は抑制剤に耐性がつき始めている。それも俺の想像を遥かに上回るスピードで。この次のヒートは、もしかすると薬がまったく効かない状態になるかもしれない。現在日本国内で承認されている抑制剤で、今以上の効果が期待できるものは……残念ながらない。そうなれば事実上、普通の社会生活を営むことは厳しくなる。ひと月のうち一週間定休日にしてまであの店を続けることは、現実的ではない」

わかっていたことだった。けれど医師である慶介の口からはっきり聞かされると、やはりショックだった。

「東京で、俺と一緒に暮らそう。来月事務の女性がひとり辞めることになって、後任を探していたところだったんだ。お前さえよければ後釜《あとがま》を引き受けてくれると嬉しい。休みのことはちゃんと考慮するから」

「気持ちはありがたいけれど」

矛盾している。ひと月に一週間も休みを取る事務職員なんて迷惑以外の何ものでもない。

「おれは店を続ける」

「深月……」

「月の四分の一が定休日なんて、確かに現実的じゃない。お客さんは激減すると思うけど、その分何か別のサービスを考える。なんとかして策を練って営業を続ける。売り上げがなくなって野垂れ死にすることになっても、店を辞めない」

『まめすけ』は深月の城だ。生きるよすがだ。『まめすけ』を閉めるのは死ぬ時だと決めている。

「お前の気持ちはわかる。あの店にどれほどの思い入れがあるのかもな」

「だったら」

「それを知った上でなんだが……ひとつ報告しなくちゃならないことがある」

慶介の表情が暗く曇るのがわかった。よくない話らしい。

「本当はこの間、ワインを持っていった夜に話そうと思ったんだが」

予定外の天久保乱入で、話しそびれたのだという。

「あの物件のオーナー……俺の親父の従弟《いとこ》から、先月連絡があったんだ。あの土地と建物を手放したいって」

「えっ……」

深月は思わず目を見開いた。

共に高齢で子供のいないオーナー夫婦は、少し前から「そろそろふたりで老人ホームに入ろうか」と話し合っていたが、先頃条件の合うホームが見つかったのだという。

「来月、急遽《きゅうきょ》入居することになったんだ。それでまあ、身の回りのものをいろいろと処分することになって……」

『まめすけ』の土地と建物も、処分の対象になったということらしい。

「最初の連絡では『いいホームが見つかった』という話だったんだけど、一昨日また電話があって『入居を決めた』って。俺からお前に話してくれないかって、頼まれたんだ」

「そ、んな……」

元々古かった『まめすけ』の建物は、確かに年々老朽化が進んでいる。あちこちに定期的に不具合が出るので、そのたび修理を頼まなければならない。煩わしさは否めないけれど、それ以上に自宅を兼ねたあの店を、深月はとても気に入っていた。耐震に問題があるほどではないし、レトロな雰囲気は常連客からも評判がよかった。

「急なことで本当に申し訳ない。入江さんにくれぐれもよろしくと頭を下げられたよ」

「もう……決まったことなのか」

「残念だが決定事項だ。ふたりとも高齢で身体も弱っている。事情が事情だけに無理に説得するわけにもいかなくて……役に立てなくてすまない」

頭を下げる慶介を責めるのは間違っている。わかっていても胸が苦しくてたまらなかった。すぐに「それなら自分が店を買い取る」と言えたらどんなによかっただろうと思うが、日々食べていくのでやっとの深月に、そんな財力はない。

「実は、俺が『まめすけ』を買い取る予定だったんだ」

「慶介が?」

「ああ。この間の夜の段階では、その方向で話がまとまりかけていた。お前の意思を確認できたらすぐにでも俺がオーナーになるつもりだった。そうすればお前はあの店を続けられるだろう。けど……話を切り出す前に、事情が変わった」

想像を上回るスピードで抑制剤の効きが悪くなってきている。深月が店に立てなくなる日が、現実として見えてきた。

「俺と結婚しよう、深月。一緒に暮らそう。そうすれば万事上手くいく。俺はベータだからお前と番にはなれない。けれどパートナーにはなれる」

「おれはお前と……」

セックスするところを想像できない。呑み込んだ言葉を、慶介は察していた。

「俺はお前を抱ける。お前のこと、ずっと好きだったからな」

「慶介……」

唯一の親友が長年自分に向け続けてくれていた好意が、友情以上の意味を持っていたことを、深月はこの夜初めて知った。

——いや、知ったんじゃない。認めたんだ。

十三年前、救急車の中で握ってくれていた手の温《ぬく》もり。甘味処をやりたいと夢を語った深月のために、自分のことを差し置いて奔走してくれた熱意。いつだって慶介は一番傍《そば》にいて、深月を気遣ってくれていた。

その優しさが友情以上のものではないかと感じた瞬間が、一度もなかったと言えば嘘になる。ふと気づきそうになるたび目を背けてきた。客からの誘いを、社交辞令と濁したように。

恋はしないと決めていたし、固い意思などなくても誰かを好きになることはなかった。抑制剤を服用し続けているおかげで、誰と会っても誰と話しても、恋愛感情を持つことはなかった。天久保に再会するまでは。

「何か別のサービスってなんだ？　具体的にどんな策があるっていうんだ？」

「それは……これから考える」

「意地を張るな」

「意地じゃない！」

思わず大きな声が出た。

「悪い……急すぎて、正直頭が混乱してる」

「こっちこそ、突然こんな話……ごめん」

重苦しい沈黙が落ちる。どちらからともなく猪口に手を伸ばし、間を埋めるように酒を呷《あお》った。

寿司屋を出ると霧雨が降っていた。深月が傘を持っていないことを察した慶介が、鞄《かばん》から取り出した折り畳み傘を差し出した。

「いいよ。一本しかないんだろ」

「俺はそこから入ればいいから」

慶介が道路の向かい側にある地下鉄ホームへの入り口を顎《あご》で指した。

「次に会った時でいい」

ほら、と腹に押し当てられた折り畳み傘を、躊躇いながら握った。

いつだってこの同級生は正しい。自信家で少し強引だけれど、優しくて強い。

今度のことだって、きっと慶介の言う通りなのだろう。今まで通りあの場所で『まめすけ』を続けていくことはどう考えても難しい。よそに物件を探せばいいのだろうけれど、ろくに預金もない深月にはそれすら困難だ。

抑制剤の効きも、これから坂道を転がるように悪くなっていくのだろう。四週間に一度ヒートに襲われると思うと、暗澹《あんたん》たる気分になる。

——おれ、ちゃんと生きていけるのかな。

八方塞がりの深月に、ただひとり手を差し伸べてくれる慶介。素直にその手を握ることが、きっと正しい生き方なのかもしれない。頭ではわかっているのだけれど。

「お前が弱っているところにつけこむみたいなマネして……俺は最低だな」

「……そんなこと」

深月は静かに首を振った。慶介が人の弱みにつけこむような人間でないことは、深月が一番よく知っている。深月のこれからを真剣に考えてくれているからこそ、このタイミングでプロポーズしてくれたのだ。

慶介を恋愛対象として見ることができたらどんなによかっただろう。

――でも……違うんだ。慶介じゃないんだ。

心の奥の奥、一番深い部分を激しく掻き回し、剝き出しの感情をぶつけ合うことができる相手は、この世にひとりしかいない。深月はぐっと奥歯を嚙み締める。

「ごめん、慶介。おれ、お前とは結婚できない」

握った折り畳み傘を、慶介に向かって差し出した。

「急いで答えを出さなくていい」

「時間をかけても同じだ。おれにとってお前は、かけがえのない友人だ。世界でただひとりの親友だ。今までも、これからも」

「深月……」

返そうとした傘を、慶介は受け取らない。

「あいつはもう戻ってこないぞ」

低く重い呟きに、深月の心は絞られるように痛んだ。

「……わかってる」

天久保はもう戻ってこない。魚は陸で暮らせないし、宇宙人に地球の暮らしは向かない。

「俺は、お前が傷つくところを、もう見たくないんだ」

「おれは大丈夫だ。いろいろと心配してくれてありがとう」

何が大丈夫なものかと目の前の瞳が言っている。確かに強がりもいいところだ。

「傘、やっぱり借りていくことにする」

こんな気分で雨に濡れたら突発的に死にたくなるかもしれない。

「次、会う時に必ず返す」

ああ、と頷きながら、慶介はまだ心配そうだ。

「そんな顔するなって。心配性だなあ。大丈夫だって言ってるだろ」

「……ああ」

「こっちこそ速攻で振ってごめん。お前とは死ぬまで親友でいさせてくれ」

「…………」

「あ、もしかして『この俺さまを振るなんて！　もう顔も見たくない！』とか思ってる？」

「思うわけないだろ」

深月の冗談に、慶介はほんのわずかにその表情を緩めた。

「気をつけて帰れよ」

「ありがとう。そっちもな」

まるで何も聞かなかったように、笑顔で軽く手を振った。

何も聞かなかったのなら、いつも通りの夜なら、どんなによかったろう。けれどこれは現実なのだ。『まめすけ』を閉店せざるを得ない。しばらくは足掻《あが》いてみるけれど、明るい未来を想像することは難しい。

時々夏海が呆《あき》れたように言う。「店長は楽天的すぎますよ」と。「そうか?」と、とぼけながら、ちょっとばかり自覚はあった。キツイ過去を背負った「捨てられオメガ」としては、かなりポジティブに生きている方だと思う。

——でも……。

今度ばかりはさすがに応えた。

霧雨が音もなく駅舎の屋根に注ぐ。人もまばらなホームに立つと、目に見えない何かに背中を押されそうで、不意に恐ろしくなる。

先が見えない。これからの人生が見えない。明日が来るのが怖い。『まめすけ』を閉店して、どうやって暮らしていったらいいのだろう。四週間に一度ひどいヒートに苦しみながら、ひとりでちゃんと生きていけるのだろうか。

——天久保……。

少しでも気を緩めるとすぐに浮かんでくるその顔を懸命に掻き消していると、ポケットの中でスマホが振動した。

——非通知……誰だろう。

少し迷って、通話ボタンをタップした。

『もしもし、深月くん？』

その声ですぐにわかった。

『電話番号を調べたりしてごめんね』

「……いえ」

あの事件の後、電話番号もメアドも変えた。新しい番号は、当時慶介以外には知らせなかった。

「あの、海翔くんに何か？」

剣崎《けんざき》が電話番号を調べてまで連絡をよこす理由はひとつしかない。悪い知らせでないことを祈りつつスマホを握りしめた。

『実は一昨日、海翔にドナーが現れてね。移植手術が行われた』

手術は無事成功し、今は集中治療室で回復を待っているという。順調にいけば来週末から始まるロンドンオープンを、病室でテレビ観戦できそうだと剣崎は言った。先日の悲壮感は消え、どこかホッとしたような声色に、深月も胸を撫で下ろした。

「そうですか……よかった。本当によかったですね」

『ありがとう、深月くん』

「こちらこそ嬉しいご連絡ありがとうございます。元気になって退院して、テニスを再開できる日もきっと近いですね」

『ああ。そうなるといいな』

「大丈夫ですよ。きっと」

ふと会話が途切れる。雨脚が強くなってきた。

『深月くん、私はきみに謝らなければならない。ずっと気になっていたのに連絡することができなかった。私は本当にずるい人間だ』

「剣崎さん……」

『今さら許してもらおうなんて思っていない。ただ一度きちんと謝罪したかった。あんなふうに一方的に破談にしてしまって、本当に申し訳なかった』

「破談は、剣崎さんが決めたわけじゃないですよね」

剣崎が息を呑むのがわかった。

破談から三ヶ月ほど経ったある夜、深月は母親が誰かと泣きながら電話しているのを聞いた。漏れ聞こえる話の内容から、相手は剣崎の父・正臣《まさおみ》だとわかった。正臣は深月が事件に巻き込まれたことを伏せ、おまけに深月の方から断りの連絡があったと嘘をつき、息子の英臣を急遽海外の支店に行かせたのだ。

『それでも、きみがどこで何をして暮らしているのか、調査会社を使って調べようと思えばすぐにできた。けれど私はそうしなかった。忙しかったなんて言い訳にならない』

「それはおれも同じです。おれたち縁がなかったんですよ。それだけのことです」

剣崎のことが本当に好きだったら、どんな手を使ってでも連絡を取ろうとしたはずだ。

『それだけじゃない。今度はきみの大切な人を……私はきみを何度傷つければ気が済むんだろう』

「剣崎さんのせいじゃないです」

雨のホームに、凜とした声が響いた。

「理由はどうあれ、最終的には天久保自身が決めたことです。もう一度コートに立ちたい、戻りたいというあいつの意思です」

自分で発した台詞が、刃《やいば》になって自分を傷つける。

もう戻ってこない。決めたのは天久保だ。

「それじゃ、お元気で」

『ああ、きみも』

電話を切ったその手で、天久保の名前を探す。

会いたい。会いたい。声を聞きたい。

津波のように押し寄せてくる思いに、胸の奥が締めつけられる。

「天久保……」

見つけた名前をタップしかけ、寸前で指を止めた。

海翔の手術が成功したことは、磯村を通して天久保の耳にも入っているはずだ。いいプレーを見せなくてはと、ますます練習に力を入れているに違いない。

スマホをポケットにねじ込むと、待っていたように電車の到着を知らせるアナウンスが響いた。

「海翔くんに、かっこいいウルフを見せないとな」

強がりの呟きは、雨音にかき消された。


翌週末、十日間に亙《わた》るロンドンオープンが予定通り始まった。

「店長、早く！　始まっちゃいますよ」

「おう、今行く。夏海、何飲む～？」

「飲み物なんてどうでも――あっ、そろそろですよ！」

テレビの前で夏海が「早く、早く」と興奮気味に手招きする。キッチンの深月は「はいはい」と、冷蔵庫から炭酸飲料を取り出す。

「テニスの試合って長いんだろ？　途中で喉が渇いたら困るだろ」

「今日の相手は天久保さんの敵じゃありません。あっという間に終わりますよ」

「そうなのか」

グラスに飲み物を注ぐ手が微《かす》かに震えているのを、夏海に気づかれたくない。およそひと月ぶりに見る天久保。ドキドキしすぎて昨夜は一睡もできず、日中もミスばかりしていた。テレビの中の天久保を目にした瞬間、心臓発作で倒れてしまうかもしれない。

深月はグラスをトレーに載せると、大きくひとつ深呼吸をした。

「もう、素直じゃないんだから。余裕ぶってる場合じゃないでしょ」

「別にそんなんじゃ――あっ」

トレーをテーブルに置いた時、スタジアムにどよめきが起きた。

「来たっ……」

夏海が身を乗り出す。割れんばかりの歓声の中、ついに天久保が姿を現した。

商店街の片隅に身を隠すために黒く染めた髪は、薔薇を抱えて現れたあの時と同じ金色に染め直されている。観客の声に応えるように手を振りながら登場する姿は、まさに天才の名をほしいままにする世界的テニスプレーヤー・ウルフ天久保だった。

カウンターの裏側で背中を丸めて皿を洗っていた男と同じ人物とは、俄《にわ》かには信じられなかった。

「すごい歓声だな。ファンってありがたいよな」

たかが一大会欠場しただけなのに、こんなにも復活を喜んでくれるなんて。

「店長、本当に天久保さんの試合、一度も観たことないんですか」

「うん」

天久保の試合どころか、テニスを観戦すること自体初めてだった。

「この歓声、今日に限ったことじゃないです。天久保さんの試合はいつもこんな感じです」

「そうなの？」

「はい。それによく聞いていると、応援ばっかりじゃないんです」

「……え」

食い入るようにテレビ画面を見つめている夏海の横顔は、いつもより少し大人びていた。

「もちろん純粋な応援の声が一番大きいですけど、それだけじゃないんです。『負けたらぶっ殺す』的な過剰な期待とか、対戦相手のファンのブーイングとか、実はいろんなものが混じっているんです。天久保さんはいつも、そういうプレッシャーを全部プラスの力に変えて戦っているんです。それができる数少ない選手なんです」

神さえ味方につけてしまいそうな天才は、プレッシャーとは無縁なのではないかとどこかで思っていたが、考えてみればそんなはずはない。世界中からウルフと賞賛されていても、天久保は血の通った人間なのだ。

「勝てば官軍、負ければ賊軍……ってことか」

夏海が「ええ」と頷く。

「たくさんの人の、たくさんの思いを背負って、天久保さんはいつも戦っているんです」

例えば夏海。例えば剣崎。例えば海翔。

世界中から託された様々な思いを背負って、天久保は戦っているのだろう。

「……すごいな」

「ええ。本当に、半端なくすごい人なんです、天久保さんは」

ウォーミングアップのショートラリーが終わった。いよいよ試合が始まるようだ。

コートを静寂が包む。天久保はサーブ権を取ったらしく、エンドラインでトトンと二回、ボールをついた。

――あの時と同じだ。

ひったくり犯の後頭部にぶち込んだ殺人サーブが脳裏に蘇る。

――そういえばあの時もお前、めちゃくちゃかっこよかったよな、天久保。

「天久保さん……頑張って」

夏海は胸の前で両手を組み、祈るように呟いた。と同時に猛烈なパワーのサーブが相手コートの隅に突き刺さった。スタジアムがドッと沸く。

「やった！　いきなりサービスエース！」

夏海が両手の拳を握りしめた。天久保は眉ひとつ動かさない。

『試合初っ端《しょぱな》のファーストサーブって、かなり大事なんです』

天久保の言葉を思い出す。狙い通りにビシッと決めて、相手に調子がいいことをアピールするのだと。そうして試合を有利に進めるのだと。

次のサーブを、相手は体勢を崩しながらどうにか打ち返した。しかし短いラリーの後、スマッシュを決めたのは天久保だった。

「生き生きしてますね、天久保さん」

「……そうだな」

皿を洗っている時も、千人近い観客の前でプレーをしている時も、天久保の表情はほとんど変わらない。けれど夏海にはわかるのだろう。もちろん深月にもわかる。天久保が今、身体だけでなく心も躍動させていることを。

「水を得た魚って感じだな」

ええ、と静かに頷き、夏海がゆっくりと振り向いた。

「いいんですか、店長」

「何が？」

「ロンドンに行かなくて」

深月は薄く口元を緩めた。

「おれはテレビで十分だ」

「そういうことじゃなくて」

「全試合チケット完売なんだろ？　ウルフ天久保、大人気だもんな」

「だから、そういう意味じゃなくて」

夏海はもどかしそうに下唇を噛んだ。言いたいことはわかっている。このところの深月の体調の変化に、夏海は気づいているはずだ。そうなれば遅かれ早かれ店を続けられなくなることも、敏《さと》いこの青年は理解しているのだろう。

そうなった時、店長はどうするんですか。このままでいいんですか。天久保さんを追いかけていかなくていいんですか——。そう言いたいのだろう。

「ゴメン。すぐに茶化すの、おれの悪いクセだな」

「余計なお世話かもしれませんが」

「そんなことない。心配してくれてありがとうな。でも、いいんだ」

ボールを追う天久保の視界に今、深月はいない。

『天久保くんをコートに戻してくださって、本当にありがとうございました』

磯村の言葉が蘇る。今、コートで躍動する天久保の姿を見ているすべての人が、同じことを感じているに違いない。戻ってきてくれてありがとうウルフ、と。

「いいんだ、これで」

自分に言い聞かせるように呟く。夏海は何も言わず俯いた。

初戦、天久保は相手に一ゲームも取らせず完勝した。

初戦の勢いのまま勝利を重ねた天久保は、十日後、ついにセンターコートに優勝トロフィーを掲げた。いつにない笑顔で優勝インタビューを受ける晴れ姿に「おめでとう」と呟き、深月はそっとテレビを消した。


天久保優勝の翌日から、深月はヒートに入った。予想はしていたが、抑制剤の効きは一段と悪くなっていて、三日目になっても布団から起き上がることすらできない状態だった。

「店長、買ってきたもの、冷蔵庫に入れておきますね」

「ああ、サンキュ」

「あと、表の貼り紙を見たお客さんから店長は具合でも悪いのかって聞かれたので、打ち合わせ通りに答えておきました」

【都合により一週間お休みさせていただきます。『まめすけ』店長】

先週と同じ貼り紙に、常連客が心配するのは無理もない。だからもし「都合」の詳細を尋ねられたら「ひとり暮らしをしている祖母が体調を崩し、看病に通っている」ことにしようという夏海の案に乗った。嘘をつくのは良心が咎《とが》めるが背に腹は代えられない。

そんな急場しのぎの言い訳、すぐに通用しなくなることはわかっているけれど、他にどうすることもできなかった。

「悪いな、夏海」

「気にしないでください。好きでやっていることですから。今日はちょっと蒸しますね。エアコン入れましょうか」

「ああ……頼む」

かいがいしく世話を焼いてくれる夏海に、申し訳ない気持ちでいっぱいになる。けれど一週間も外出できないとなると、夏海を頼らざるを得ないのが現実だ。

「あれ、電源が入らない」

エアコンのリモコンを操作しながら、夏海が首を傾《かし》げている。

「壊れちゃったのかな」

「古いやつだからな。仕方がない」

すぐに修理を頼みたいところだが、ヒートが終わらないことにはどうしようもない。

「いろいろありがとう、夏海。もう帰っていいぞ」

「はい。明日また来ます」

「毎日来なくていい。何かあったらこっちから連絡する」

「いいえ、来ます。何かあっても店長、連絡くれない気がするので」

深月は力なく「はは……」と笑った。見事なまでに読まれている。

夏海が帰ると、突然不安が押し寄せてきた。

終わりは想像より早く訪れるかもしれない。店を続けるどころか、日常生活すらままならない現実。身体の芯はじんじんと疼き続け、後孔は四六時中濡れている。何度抜いても収まらない。後ろも、前も。

抑制剤の効かなくなったオメガのための施設があると聞いたことがある。近いうちに自分も、そういった施設の世話になるのだろうか。

——嫌だ。ここがいい。

大好きなこの店を続けたい。ずっとずっとここで暮らしたい。

夏用の肌掛け布団の中で背中を丸めていると、切なさばかりが込み上げてくる。泣いても喚《わめ》いても仕方がないとわかっているけれど、ひとりでじっとしていると気が変になりそうだ。

「暑いな……」

もぞもぞと起き上がり、居間のテーブルに置かれたリモコンを弄ってみたが、やはりエアコンはうんともすんとも言わない。深月は仕方なく、寝室の窓を半分開けた。

六月の空は厚い雲に覆われ今にも泣き出しそうだ。ギリギリのところで堪えている今の自分に、ついなぞらえてしまう。それでもどんより澱《よど》んだ部屋に新鮮な空気が入ってくると、滅入っていた気分がほんの少し和らいだ。

レースのカーテンがそよそよとそよぐ。深月は夏海が冷蔵庫に入れておいてくれたアイスコーヒーをグラスに注ぎ、窓辺に腰を下ろした。いつもなら小学生たちが賑やかに下校する時間なのに、なぜかとても静かだ。

「そっか、今日は土曜か……」

曜日の感覚すらなくなっていたことに、乾いた嗤いが漏れる。ヒートは深月の人生からどれだけのものを奪えば気が済むのだろう。

大通りと違い、裏通りは人もまばらだ。時折見覚えのある顔の老人たちが「暑くなりましたね」と挨拶を交わしながら行き交う。絵に描いたような平和な光景を、レースのカーテン越しにぼんやり見下ろしていた時、ふと誰かの視線を感じた。

いつからそこにいたのだろう、窓の真下に人がひとり立ってこちらを見上げている。

——常連さんかな。

もしかすると店の貼り紙を見て、深月の在宅を確認しようと裏手にある玄関に回ってきたのだろうか。

男は何も言わずただじっと二階の窓辺を見上げている。深月に何か用事があることは明白だった。レースのカーテン越しではあるが、そこに深月がいるとわかっているようだ。

——仕方ない、声をかけてみるか。

姿を見られた以上居留守を使うわけにもいかない。深月は立ち上がり、レースのカーテンを開けた。

窓の下の男と目が合う。地元の大学の名前が入ったジャージを着た若い男性は、ラガーマンのようにがっしりとした体軀《たいく》をしていた。その瞳に宿る異様な熱に気づいた瞬間、深月はハッと息を呑んだ。

——しまった。

慌てて窓を閉じ、カーテンを引いた。男がどこかへ駆けていく足音が聞こえる。

「アルファだ……」

男は客ではない。おそらくジョギングでもしていて、半分開けた窓から漏れ出した深月のフェロモンを、偶然嗅《か》ぎ取ってしまったのだ。

あんなに勢いよく走り出して、どこへ向かったのだろうと考えを巡らせる前に、階下でガラスの割れる音がした。

「しまった」

店のドアに嵌め込まれたガラスが割られたのだ。

ヒート中なのに、不用意に窓を開いたことを猛烈に後悔した。オメガのフェロモンに当てられたアルファがどうなるのかは、誰より知っていたはずなのに。

「くそっ」

契約している警備会社などもちろんない。一一〇番通報しようとスマホを探すが、こんな時に限って見当たらない。布団の中でずっと弄っていたはずなのに、どこにもない。

「そうだ、さっきトイレに行った時に……」

昼食後、トイレに行った時に持っていって、そのまま置き忘れてきたのだ。

トイレは階下だ。舌打ちする間もなく、誰かが階段を駆け上がってくる。

もはや逃げ場はない。

――窓から飛び降りるしかない。

閉めたばかりの窓に手を掛けた時、居間の襖が勢いよく開いた。下から見上げていた大柄な男が、目をギラギラさせて立っていた。逃げようと窓枠に足を掛ける深月の肩を、男の大きな手のひらがぐいっと掴んだ。

「放せっ！」

「あんたオメガだな……ああ、いい匂いがする……たまんねえ」

男は深月を背中から羽交い締めにすると、首筋の匂いをすんすんと嗅いだ。

嫌悪感に吐き気を催しながら、深月は渾身《こんしん》の力で抵抗する。

「や、めろっ！」

「自分でフェロモンまき散らしておいて、やめろはないだろう」

「放して、くれっ」

「あんた、こんなにいい匂いなのに誰とも番《つが》ってないのか？　もしかして捨てられオメガなのか？」

男の手のひらがTシャツの裾をかいくぐり、肉の薄い下腹を弄る。ぞくぞくという怖気《おぞけ》に混じって、身体の奥から甘ったるいものが込み上げてくる。

どんなに心が拒絶しても、本能が求めてしまう。オメガという生き物の持つ悲しい宿命が深月から抵抗力を奪う。

「ヒートなんだろ？　昼間っからここ、こんなにして」

部屋着の上から深月の熱を握られると、たまらず「は……」と切ない吐息が漏れてしまう。

「可哀そうに。俺が気持ちよくしてやるからな」

「放せって……言ってる、だろっ」

「安心しな。乱暴はしない」

尻のあたりに、男の熱を感じる。硬くたけったそれをぐりぐりと押し付けながら、男は「気持ちよくしてやるから」と深月の耳朶を噛み、完全に勃起した中心をさらに強く握った。

「ああ……」

嫌だ。放せ。おれに触れるな。

心の叫びは、喉元で甘い吐息に変換される。

「すげーいい声で啼《な》くんだな……もう我慢できねえ」

畳の上に転がされた。のしかかってくる男の体重に、呼吸すらままならない。はあはあという男の激しい呼吸が頬にかかり、吐き気がした。

「嫌だ……」

激しい疼きを鎮めてほしい。抗《あらが》いがたい本能に、別の本能がぶつかる。

鎮めてほしいのはこの男じゃない。込み上げてくる嫌悪感もまた、深月の本能だった。

──天久保……。

心の奥で、ここにはいない男の名前を呼ぶ。もう二度と会うことは叶わないとわかっていても、それでも深月が抱かれたいのは、天久保ただひとりだ。

「大人しくしてればすぐに終わる」

ズボンのウエストに手を差し込もうとした瞬間、のしかかっていた男の身体がふわりと軽くなった。と思ったら、ガラスが割れるガシャンという音と「ぎゃっ」という男の悲鳴が聞こえた。

何が起こったのかわからず、深月は畳にうつ伏せたまま反射的に頭を抱えた。

「殺す」

低く唸るような声に、深月は閉じていた目をハッと開いた。

──まさか……。

「ちょ、ちょっと待ってくれ！」

「黙れ！」

ガシャンとまたガラスが割れる。合わせたように男が「ぎゃっ」と悲鳴を上げた。

——どうして、ここに……。

畳に伏せていた顔を上げると、果たしてそこには「まさか」の男が仁王立ちしていた。短めの黒髪に黒縁の眼鏡。有能なビジネスマンを思わせる理知的な佇《たたず》まいは、つい先日まで観客を熱狂させていた狼とはまるで重ならないが、相手を射殺すような鋭い視線だけは健在だった。

なぜか野球のバットを握りしめている。一度目のガシャンは、男がリビングボードに叩きつけられた音で、二度目のガシャンは同じリビングボードにバットが叩きつけられた音だったようだ。

自分を睥睨《へいげい》している男が天久保尊だと気づいているのかいないのか、男は唇の端から血を垂らし、畳に尻餅《しりもち》をついて震えていた。

「許さない。この人は俺のものだ」

「ま、待て、俺はまだ何も——」

「殺す」

天久保は問答無用とばかりに男の頭上にバットを振り上げた。

「よせ！　殺しちゃダメだ！」

深月は弾《はじ》かれるように立ち上がり、天久保の前に立ちはだかった。一瞬の隙をついて立ち上がった男は「ひょえあああ！」と意味不明の絶叫を残し、階段を転げ落ちるように逃げ去っていった。すかさず天久保の手からバットを取り上げる。よく見ると少年用だった。

「部長、大丈夫ですか」

「あ、ああ」

「本当に何もされていないんですね？」

ああ、と頷くと、天久保は「よかった……」と深いため息をついた。

「どうしたんだ、そのバット」

「借りました。あなたがパフェを奢《おご》った子たちから」

午前着の便でロンドンから帰国した天久保は、逸《はや》る気持ちを抑え、まずは美容院に向かい髪を黒く染めた。そしてその足で『まめすけ』に向かったのだが、店が近づいてきたところで深月のフェロモンを感じ取った。

急いで駆けつけると、店の扉が割られている。深月に何かあったのだと直感した天久保は、偶然店の前を通りかかったヒロヤとタクちゃんを呼び止めた。少年野球の帰りだった彼らから、『明日返すから』とバットを借りた。

「野球に職替えしたのかと思った」

茶化してみたが、天久保は笑わなかった。

「あなたに何かあったらと思ったら……久々に頭が沸騰しました。間に合ってよかった」

本当によかった。本当に、本当によかった。天久保は何度も繰り返す。

「明日、東京で引退会見をします」

「……え」

「もう決めたことです。誰にも何も言わせない。あなたにも」

真っ直ぐな視線が深月を射る。射貫くような強さではあるが、さっき暴漢を睨《ね》めつけていた目とは何かが違った。

本当にそれでいいのか？　後悔はないのか？　スポンサーは？　ファンは？

ぐるぐると巡るあれこれはしかし、身体の奥からマグマのように込み上げてくる波に、あっという間に呑み込まれる。

「嬉しいよ」

気づけば口を突いていた。

「もう帰ってこないと思っていたから。一度も連絡くれなかったし」

「声を聞いたら、全部投げ捨てて帰ってきたくなるからです。それに必ず戻ってくるって約束しようとしたのに、最後まで言わせてくれなかったのは部長でしょ」

「怖かったんだ」

「……え」

「約束なんかしたら、お前を……死ぬまで待ってしまいそうで」

「部長……」

長い腕に搦《から》め捕られ、折れるほど抱きしめられた。天久保の匂いが鼻腔《びくう》に広がった瞬間、深月の身体に異変が起きた。

「天っ……は、あぁっ！」

一瞬のことだった。何が起こったのかわからないまま、深月は暴発した。

「く……ぁぁ……」

意図せず放ってしまったものが、股間をどろりと流れ落ちていく。崩れ落ちそうになる身体を、天久保が抱き留めてくれた。

「抱きしめただけでイッちゃったんですか」

「抑制剤が……効かなくなって……」

けれど、多分それだけではない。

「お前、何かつけてきたか」

目の前の胸からむんむんと漂うのは、嗅ぎ慣れた天久保の匂いだ。けれど今日のそれは何かが違った。喩《たと》えて言うなら天久保のエキスを極限まで煮詰めたような、得も言われぬ匂いだった。

「今日は俺、抑制剤を飲んでいないので」

深月は「えっ」と目を剝いた。

「お前、ずっと抑制剤を飲んでいたのか」

「飲んでいなかったら、俺は最初に会った日にあなたを襲っていた」

無理矢理するのは嫌だったんです。天久保はそう言ってもう一度深月を胸に抱いた。

「あなたが欲しい……最後まで」

「おれも、お前が欲しいよ、天久保」

「優しくできないかもしれません」

「いいよ。お前にならなにをされても」

もう怖がったりしない。瞳でそう訴える深月を、天久保は乱暴に抱え上げ、寝室に運んだ。

貪《むさぼ》るように唇を奪い合う。言葉を超え、心を超え、何かに引き寄せられるように求めてしまう。これがオメガの本能だというのなら、もう逆らうつもりもない。

「……んっ……ふっ」

服を脱ぐわずかな時間さえもどかしかった。唇を合わせ、舌を絡め合いながら、互いの着衣を毟《むし》り取る。

「うわ……」

凶器のように怒張した欲望に、目眩《めまい》がするほどの興奮を覚えた。それでぐちゃぐちゃに掻き回されるところを想像しただけで、後ろがどろりと濡れた。

天久保は深月に覆いかぶさり、唇、顎、首筋、鎖骨と、キスの雨を降らせていく。唇が薄い皮膚に触れるたび、身体の奥で小さな爆発が起きているのではないか。そう思ってしまうほど身体が敏感になっていた。

「後ろ……早く見たい」

卑猥な言葉に、背筋がぞくぞくする。

うつ伏せになり腰を高く上げると、天久保が感嘆のため息を漏らした。

「こんなに濡らして……いやらしくて、きれいです」

囁きながら、天久保は舌先を小さな孔にぐちゅりと差し挿れた。

「ああ、あっ、やっ……」

我知らず腰が揺れる。正気ならきっと恥ずかしくて死んでしまいたくなるのだろうが、今の深月は羞恥を遥かに凌駕《りょうが》する欲望に、すべてを支配されていた。

「ひくひくしてる」

「そこ……あっ、ダメ……ああっ！」

入り口の襞《ひだ》をぬるりと刺激され、深月はまた暴発してしまう。シーツを汚した白濁に、天久保がクスッと笑った。

「だから、ダメだって、言ったろ」

「そんないやらしい声出さないでください。俺までつられてイきそうです」

涙ながらに訴える声すら、天久保を刺激するらしい。

「早く……早く来てくれ、天久保。お前が欲しくてたまらない」

「俺も……限界です」

天久保は深月の細い腰を両側からホールドすると、熱い猛《たけ》りを後孔に押し当てた。

「うっ……く」

苦しさは一瞬だった。痛みを感じる余裕もないほど、天久保を欲していた。

「すげ……」

ずぶずぶと、一気に奥まで貫くと、天久保はゆっくり腰をグラインドさせた。

「ああ……あ……」

「……部長……部長っ」

切ない声で天久保が呼ぶ。飛び散った汗が、背中にはたはたと落ちてくる。

その欲望でめちゃくちゃにしてほしい。身体も、心も、他に何も入る余地のないほど天久保で満たされたい。

「天久保、愛してる」

この気持ちを表す言葉を、深月は他に知らない。

「俺も、あなたを愛しています。ずっとずっと……ずっと前から」

貫かれたまま、深月は頷く。嬉しくて、眦を涙が伝ったのだが。

「部長、俺と番になりましょう」

天久保の囁きに、一瞬で心が冷えた。自分が捨てられオメガだということを、こんな状態で打ち明けなければならないなんて。

けれど逃げるわけにはいかない。深月はぐっと奥歯を噛み締めた。

「実はな、天久保、おれは——」

「知っています」

「……え」

「あなたのことは、何もかも全部知っています。だから安心してください」

天久保が背中にのしかかってくる。挿入が深くなり、深月は「あっ……」と顎を反らせた。

「あんなことがあっても、俺たちは番になれるんです」

「どうして……ああ、あっ、ん」

中をぐちゃぐちゃと掻き回され、目蓋《まぶた》の裏がチカチカとした。

「俺と番になってくれるのかどうか、それだけが聞きたい」

「でも……」

「なりたいかなりたくないか、どっちですか」

天久保の先端が、深月のいいところをぐりぐりと擦る。

「ああ、あっ、天久、保っ……」

「教えてください、部長」

「なりたい……お前と番になりたいに、決まってるじゃないかっ」

悲鳴にも似た声で答えるのを待っていたように、天久保は深月を背中から強く抱きしめた。

「やっとだ……これでやっと、あなたを俺のものにできる。俺はあなたのものになれる」

腰を激しく打ちつけながら、天久保は深月の頸筋に歯を立てた。

「いっ……ああ……んっ」

ツンと痛みが走ったその瞬間、身体中を熱いものが駆け巡るのがわかった。

ドクドクドクドクと、まるで全身が心臓になったような感覚。

急激に射精感が高まる。

「部長……愛してる」

掠《かす》れた声が耳朶にかかる。

「おれも……ひ、ああっ——あっ！」

全身を硬直させ、深月は果てた。

激しく精を吐き出しながら、最奥《さいおう》に天久保の体液が叩きつけられるのを感じた。

天久保の鼓動を感じる。ドクドクドクドク。力強い波が、深月自身のそれと重なった。

「天……久保」

——おれはお前と……番になれたのか？

問いかけはしかし、声にはならなかった。

身も心もトロトロに蕩《とろ》かされた深月は、甘い余韻の中でひと時意識を手放した。


カーテンの外が明るい。

うっすらと目を開けると、枕に頬杖《ほおづえ》をついた天久保がじっと見下ろしていた。

気を失うように眠りに落ちてから、朝まで一度も目が覚めなかった。このところろくに眠れていなかったし、正直に言えば天久保がいなくなってからというもの、気持ちよく眠れた日は一度もなかった。こんなにぐっすりと眠ったのは久しぶりだった。

「おはようございます」

「……起きてたのか」

「起きたというか、興奮のあまり一睡もできませんでした」

朝っぱらから恥ずかしいことをと苦笑した深月だが、ふと身体の異変に気づいた。

「ヒートが収まっている」

期間はまだ終わっていないはずなのに、あれほど辛かった症状が完全に消えていた。

「俺と番になったからです」

確かに昨夜、ひとつになりながら天久保に頸筋を噛まれた。

「最初にあなたを抱いた夜、本当は番の儀式を済ませたかったんですけど……」

事件のことを思い出した深月が怯えた様子を見せた。だから最後までできなかったのだろう。傍若無人なようで繊細な天久保らしい。

「けどおれは……」

捨てられオメガは、そもそも誰とも番になれないはずだ。

「関係ないんです。あなたが以前に誰と番っていようと、俺には関係ない。俺はあなたの過去の番を上書きできるんです」

「どういう意味だ」

「俺たちが『運命の番』だからです」

カーテンの隙間から差し込む朝日が、天久保の横顔を淡く浮かび上がらせている。優しい指で髪を弄られながら、深月は傍らの天久保を見上げた。

「『運命の番』って、都市伝説だと思ってた」

「俺も、言葉は知っていましたが、おとぎ話みたいなものなんだろうと思っていました。けどあなたに出会って、それが現実にあるんだと知ったんです」

「信じられない……」

「砂漠でひと粒の砂粒に出会うような確率だそうです。けど可能性はゼロじゃない」

「もしかしてお前、高校生の時、理科部に入ったのって」

「部長がいたからです」

目覚めを迎えていなかった深月は、天久保が運命の相手だとは知らなかった。けれど先にアルファの身体になっていた――つまり精通を迎えていた天久保は、深月がその相手だと気づいたのだという。

「そう言えば理科室でお前が後ろから近づいてきた時、なんか背中がぞくぞくした」

「目覚めが近づいていたからです。目覚め前のオメガはベータと同じですから、たとえ自分の『運命の番』が近づいてきても気づくことはできません。けど目覚めの近かったあなたは、微かではあっても間違いなく俺を感じたんです」

薔薇を抱えた天久保が現れた時にも、少し前から下腹の奥に重い熱を感じていた。風邪でもひいたのかと思っていたが、どちらも運命の番である天久保が近づいてきたのを、オメガの身体が敏感に感じ取っていたのだ。

「でもその後、駅のホームでも気づかなかった」

「強い抑制剤を飲んでいたからでしょう」

「……なるほど」

「あの時は俺も飲んでいましたしね。あなたの顔を見るや否やその場で……なんてことになりかねなかったので」

リュウたちにレイプされる深月を見てしまった天久保は、自制心を保つために抑制剤を服用したのだという。

「けど、気づいていたならどうして最初に理科室で会った時に言ってくれなかったんだ。おれが目覚めを迎える前だったからか」

目覚め前の深月にいきなり「自分たちは『運命の番』だ」と迫って、混乱させたくなかったのだろうか。

「それもありますけど」

天久保はゆっくりと上半身を起こし、布団の上に胡坐《あぐら》をかいた。みっしりと筋肉に覆われた胸板が現れ、性懲りもなくうっとりしてしまう。

「実は俺にとってはあの時が初対面じゃなかったんです。俺があなたを初めて見たのは、小学五年生の春でした」

「五年生？」

その日天久保は、些細《ささい》なことで母親と言い争いになり家を飛び出した。ムカムカした気分のまま闇雲に歩き続け、気づくと知らない町にいたという。

「子供の足で一時間やそこらですから、そう遠くまで行かれるはずはないんですけど、なにせ見たことのない街並みで」

心細くなってきた時、ふとどこからか甘い匂いが漂ってきたのだという。

「匂いに導かれるように、ふらふらと歩きました。その先に――あなたがいた」

小柄なその少年は隣町の中学の制服を着ていた。制服はぶかぶかで、明らかに一年生だとわかったという。

「なんてきれいな人なんだろうって……一瞬息が止まりました。見惚《みと》れました」

「ぶかぶかの制服を着た中学生に？」

「雷に打たれたみたいに、その場から動けなくなったんです」

その日以来天久保は、その中学生の素性を子供なりに必死に調べた。深月の通学路で待ち伏せをし、そっと尾行して家を突き止め、彼の名前が入江深月だと知った。

「あんまり友達がいないみたいで、あなたは大抵いつもひとりだった。世界の片隅にひっそりと咲く可憐な花を見つけたような気分でした。この世界で俺以外誰もその美しさに気づいていない、秘密の花」

来る日も来る日も深月のことが頭から離れない。何をしていても、夢の中でさえ、深月が心を支配していた。幼すぎて気持ちを打ち明けるという行為すら思い浮かばない。ただ遠くから見つめていれば幸せだった。十代になったばかりとはいえ、天久保にとってそれは確かな初恋だった。

転機は中学一年生の終わりだった。アルファの身体になった天久保は、夜ごと深月と結ばれる夢を見るようになる。淫夢の中で天久保は、思うさま深月を抱き、激しく貫いた。

「一度も言葉を交わしたことのない他の中学の先輩に突然恋をして、毎晩夢の中で犯している。まるで細胞のひとつひとつがあなたを求めて騒いでいるようで……俺はだんだん自分が怖くなってきました」

これは本当にただの恋なんだろうか。自分はどこかおかしいんじゃないだろうか。狂おしいほどの激情が天久保を苛《さいな》んだ。

「もしもあなたと同じ高校に入学したら、何をしてしまうかわからないと思いました。別の高校へ進学しようとも考えたんですけど……」

本能に抗うことはできず、結局深月と同じ高校に進学することにした。

どうしてこんなに好きなんだろう。どうしてあの人はこんなにも自分の心を捉《とら》えて離さないのだろう。その答えは、入学式の日にもたらされた。

「式の後、廊下の向こうからあなたが歩いてくるのが見えました。俺は廊下の隅に立って、クラスメイトと談笑しながら近づいてくるあなたを見ていた」

あの日の匂いが近づいてきた。言葉を交わしたことも、視線を合わせたこともない。半径十メートル以内に近づいたことすらないのに。天久保は初恋に落ちた日に嗅いだ深月の匂いを鮮明に覚えていたという。

「心臓がバクバク鳴って、身体がじんじんして、気づいたら勃起していました。廊下であなたに襲いかかる自分の姿がリアルに浮かんで、俺は逃げるように教室に駆け込みました。そしてようやく気づいたんです」

「お前とおれが、『運命の番』だと」

「はい」

それは単なる予感などではなく、確信だったという。

「『運命の番』についてはそれなりに調べていたので知識はありました。だから戸惑いはありませんでした。一日でも、一時間でも早く、誰にも見られない場所であなたとゆっくり話したかった。けど三年生と一年生って校舎も違うし、思っていたより接触が難しくて」

「だから理科部に入ったってわけか」

天久保は「ええ」と頷いた。

「部長が最初に俺にかけてくれた言葉、覚えていますか?」

「なんだったっけ」

「『いきなり声かけるからだ』です」

確か、そんなことを言った気もする。

「俺が後ろから声かけたせいでカバーガラスが割れたって、あなためちゃくちゃ不機嫌そうに『いきなり声かけるからだ』って。初めて聞いた声だったのに、若干怒鳴り気味でした」

「根に持ってるのか」

「まさか。めちゃくちゃ興奮しました。俺はその夜、あなたの不機嫌極まりない『いきなり声をかけるからだ』を思い出しながら、五回抜きました」

「…………」

もはや何も言い返すまい。苦笑する深月の髪に、天久保が手を伸ばす。

朝日はとっくに昇り切ったのに、布団の上でぐずぐずと過ごす甘い時間。意味もなく髪を撫でられる至福。与えてくれるのは目の前の男しかいない。

この歳になるまで一度も恋をしたことがなかった。比較の対象がないのではっきりとは言えないが、確かに天久保を好きだという気持ちは単なる「好き」を越えている気がする。本能という言葉すら生ぬるい。運命によって惹かれ合っているのだとすれば納得がいく。

「あなたが目覚めを迎えたら、すぐに告白しようと思っていたんですけど……」

よりによって、目覚めたその日にあの不幸な事件が起きてしまった。

「なんだか、いろいろとお前らしくないな」

「……え」

「『俺と恋をしませんか』とか『俺のものになりませんか』とか、回りくどい誘い方しなくても、最初から堂々と言えばよかったじゃないか。『俺たちは「運命の番」なんです。番の儀式をしましょう』って。確信があったんだろ？　どうして躊躇ったんだ」

至極当然の疑問をぶつけた深月に、天久保は鼻白んだようにハッと嘆息した。

「まだわからないんですか。俺は『運命』っていうのが気に入らないんです」

「はい？」

「『運命』って卑怯《ひきょう》だと思いませんか？　そのフレーズを出されたらもう、誰も逆らえない。

しかも後出しが許されているんですよ？　ああ、あれは運命だったんだ、とか」

「卑怯……」

深月は苦笑する。いかにもスポーツ選手らしい言い分だ。

「卑怯です。ズルです。俺があなたを好きになったのはまだガキの頃です。アルファとしてオメガのあなたを好きになったわけじゃない。だから『運命の番』なんて俺には関係ない」

めちゃくちゃな理屈だ。けどこの上なく天久保らしい。

深月はゆっくりと起き上がる。

「運命は与えられるものじゃない。自分で切り開くものです。誰かや何かに自分の未来を決められるなんて絶対に嫌だった。俺はあなたを好きになった。だからあなたにも俺を好きになってもらいたかった。ちゃんと、普通に、恋がしたかったんです」

「天久保……」

向かい合わせに座ると昨夜の痴態が蘇り、かなり気恥ずかしい。

「面倒くさいやつだな」

「……え」

「お前、ホントに面倒くさいよ、天久保」

ため息混じりにガシガシ髪をかき乱したのが、深月の照れ隠しだと天久保は気づかない。

「そんなに……面倒くさいですか」

自覚がないらしく、傷ついた顔でしょんぼりするからたまらなくなる。

「ああ。かなり、相当、驚くほど面倒くさい。けど心配するな。おれはとても心が広いからなんの問題もない。お前のその意味不明な面倒くささを、理解はしないがちゃんと受け止めてやる」

「部長……」

天久保は「マジっすか」とばかりに瞳を輝かせ、深月を胸に抱き寄せた。

「俺があなたを幸せにします」

天久保の匂いを胸いっぱいに吸い込むと、朝だということを忘れてしまいそうになる。

「おれも、お前を幸せにするよ」

「あんこと俺が溺れていたら、どっちを助けますか」

天久保がいたずらな目で尋ねてくる。

「あんこは溺れない。あんこと肩を並べるなど百万年早──んんっ……ふっ」

いきなり唇を塞がれた。

「んっ……ふっ……」

昨夜のあれこれを思い出させる卑猥な舌の動きに、身体の芯が熱くなる。

「……やっ……天久保っ……ダメだっ、て……」

「そんな声出されると、キスだけで済まなくなりそうです」

朝っぱらから何を言うんだと呆れながらも、長い腕から逃れようとは思わない。

「……したい」

大きな手のひらで背中をさわりと撫でられ、全身の肌がざあっと粟立《あわだ》つ。

「……おれも」

これからはもう、何も取り繕う必要はない。泣きたくなるほどの安堵《あんど》が深月を大胆にする。

されたのと同じ手つきで天久保の背中を撫でると、キスが一層深まった。

「……んっ……ふっ……っ」

爽やかな朝の空気が、次第に淫靡《いんび》な湿り気を帯びていく。

ほんの少しの罪悪感と、とてつもない幸せに包まれ、深月は静かに瞳を閉じた。


「結局こういうことになってしまって、申し訳ありません」

神妙な面持ちで頭を下げる深月に、磯村が慌てた。

「頭を上げてください、入江さん。あなたは何も悪くない」

「けど……」

　ゆっくりと上げた視線の先で、磯村は穏やかな微笑みを浮かべていた。

「私こそ、あの時は天久保くんがコートに戻ってきてくれたことが嬉しくて、つい彼はテニスを辞めるべきじゃないなんて言ってしまいました。入江さんを傷つけてしまったこと、本当に申し訳なかったと思っています」

「そんなこと」

　深月はふるんと頭を振った。あの時は深月自身もそう思っていた。

　衝撃の引退会見から一年。天久保を取り巻く環境は大きく変わった。

　会見の直後、天久保は『まめすけ』の土地と建物を買い取り、有無を言わさず『まめすけ』のオーナーに就任した。新オーナーは「以前の雰囲気を残したい」という店長・深月の希望を全面的に取り入れて直《ただ》ちに大規模な改築を施し、レトロな佇まいをそのままに数段オシャレに仕上げてくれた。新装オープンの日には開業以来初の行列ができ、夏海とふたりで嬉し涙を流したりもした。

　狭い和室に区切られていた二階のプライベートスペースは、ＬＤＫプラス寝室のシンプルな間取りに変えた。思っていたより広々とした空間に大満足な深月だったが、天久保きっての要望でキングサイズのベッドが搬入された時には、さすがにちょっと顔が赤らんだ。

　天久保は同時進行で『まめすけ』近くに広がっていた空き地も買い取った。元々は田んぼや畑だったらしいが、高齢化の波には逆らえず十年以上も空き地のままになっていた土地だ。天久保はそこに屋内テニスコートを作り、この春テニススクールをオープンした。ジュニアの育成に努めることにしたのだ。

テニスの才能だけでなく商才まで持ち合わせていた恋人は、なんと個人事務所を立ち上げた。スクール運営の合間に試合の解説も積極的に引き受ける忙しい毎日だというのに、近頃ではファッションモデルの仕事まで舞い込んでくるようになった。おかげで選手引退後も半数以上のスポンサーが契約を解除しなかったというのだから驚くばかりだ。

引退直後は応援の声ばかりではなかったが、堂々と淡々と我が道を行く天久保の姿に、否定的な声は次第に消えていった。「金髪テニスプレーヤー・ウルフ天久保」より「黒髪黒縁眼鏡のビジネスマン兼モデル・天久保尊」の方が好き、という声も多く聞かれるようになった。どちらにしても新たなステージに乗り出した天久保の人生は、まさに順風満帆のようだ。

ちなみに天久保のコーチのおかげでメキメキ腕を上げた夏海はインカレで表彰台に上がった。大学卒業後は念願かなって天久保のオフィスで働くことになっている。

この日は「天久保尊テニススクール」の校長に就任した磯村が、挨拶がてら『まめすけ』にやってきた。新店舗になって多少忙しくなったとはいえ、残念ながら駅前のオシャレカフェの比ではない。午後の半端な時間帯は以前と変わらず欠伸《あくび》が出るほど暇——もとい、ゆったりと時が流れる。

「どんなに才能があろうと、どんなに引き留められようと、天久保くんの人生は天久保くんのものですからね」

「それでも時々考えてしまいます。あいつがあのままテニスを続けていたらって」

「人生は選択の連続ですよ。正解なんて誰にもわからない」

引退を機に離れていったスタッフもいるが、磯村のように残ってくれたスタッフも少なくない。

「人はふたつの道を生きることはできませんからね。それぞれがその時に最善だと思った道を選ぶしかないんです」

「磯村さん、深いですね」

深月がふむっと頷くと、磯村は「そうですか？」と小さく微笑んだ。

「この小倉あんも、なかなか深いですね。もしかして京都から？」

「え、わかるんですか？」

「ええ。このつやつやした藤紫色を出せるあんこ屋さんはそうそうない」

「い……磯村さんっ」

深月は思わず磯村の右手を両手で握りしめた。

「ちなみに磯村さんは何あん派ですか？」

「私は小倉派です」

「磯村さん〜〜〜っ、おれもです〜〜〜っ」

深月は「くうっ」と感涙に咽《むせ》びながら、磯村の手を上下に激しく振った。

「三十一年生きてきて、初めてあんこがわかる人と出会えました」

「そんな、大げさな」

「天久保なんて、小倉あんと潰《つぶ》しあんの区別もつかないんですよ」

「ああ、天久保くんはダメですね。肉ばかり食べているから繊細な味が理解できない」

「おっしゃる通り！」

深月が歓喜の声を上げたところで、入り口の扉が開いた。

「いらっしゃいま――げっ」

「げっ、って何ですか」

入り口に、眉間《みけん》に皺を寄せた天久保が立っていた。

「ていうか、なんで部長が磯村さんの手を握ってるんですか」

「いや、違う、これはっ、誤解だ」

大慌てで磯村の手を放した。

「入江さんと、あんこの話で盛り上がっていたところなんです」

「そうそう。お前がいかにあんこの神髄を知らないかという」

「要するに俺の悪口ですか」

天久保の眉間の皺がさらに深くなる。

大方そんなことだろうと予想はしていたが、一緒に暮らすようになってはっきりした。天久保はヤキモチ妬《や》きだ。それも超が百個くらいつくレベルだ。標的の九十九パーセントは慶介で、電話がかかってきただけで不機嫌になる。夜、ベッドで奥を掻き回されながら「おれにはお前しかいない」と何度言わされたかわからない。本気で嫌っているわけではないことはわかっている。実際深月が風邪をひいたときなどは「信頼のおける医者にしか診せたくない」と車で慶介の病院に連れて行ってくれる。医師としての腕には全幅の信頼を置いているのに、ふたりきりになることは断固として許してくれない。宇宙人は相変わらず面倒くさい。同じように磯村と本気でどうにかなると疑っているわけではない。ただ手を握ったことがどうにも面白くないのだろう。

「天久保、コーヒーでも淹《い》れようか？　それとも何か食う？」

「結構です。すぐにコートに戻りますので」

猫なで声で機嫌を取りにかかったが、天久保はツンとそっぽを向いてしまった。

──やれやれ、今夜も朝までコースだな。

天久保は、拗《す》ねるとひと晩中眠らせてくれない。

三十歳過ぎだぞ？　徹夜とかキツイんだから少しは加減しろ。などと文句を言いつつ結局されるがままの自分がいる。だから夏海に「バカップル」と一刀両断されるのだ。

「そう言わずに飲んでいけ。特別美味しいのを淹れてやるから」

特別という台詞に、ムッとしていた表情が少し緩んだ。天久保がさも仕方なさそうにスツールに腰かけると、気を利かせた磯村が「さて」と立ち上がった。

「先に事務所に戻ります。ごゆっくりどうぞ、所長」

磯村が去っていくと、天久保がハッとため息をついた。

「所長って呼ばれると、なんか腹の奥がムズムズするんですよね」

「おれの気持ちが少しはわかったか」

にやりとした深月に、天久保はなんのことでしょうとばかりに首を傾げた。

「お前だっておれのこと部長って呼ぶだろ。大昔のことなのに」

「俺にとって部長は永遠に部長です。それとこれとはまったく違う話でしょう」

「………」

同じ話だろうと思うのは人間の感覚だ。天久保には通じない。

コーヒーを差し出す手を、天久保が握った。ぐいっと強く引かれる。

「おい、零れる——あっ……んっ……」

カウンター越しに唇が重なる。

「……っ……ふっ……」

客がいないのをいいことに、キスは徐々に深まっていく。

「おれが愛しているのは」

「……え？」

「お前だけだよ、天久保」

夜用の台詞を囁くと、天久保は驚いたように目を見開き、それからふっと柔らかく笑った。

「知ってます」

「……っん……」

明るい店内に、淫靡な水音が響く。

淹れたてのコーヒーから立ち昇る湯気が、ふたりの間でゆらゆらと揺れていた。

あとがき

こんにちは。もしくは初めまして。安曇ひかると申します。

このたびは『年下アルファの過剰な愛情』をお手に取っていただきありがとうございました。自分史上初のオメガバース作品ということで鼻息も荒く書き始めたわけですが、書き上がってみたら結局普段通り～な感じに落ち着いていました（笑）　とはいえオメガバース好きの皆さまに「いつもの安曇」を受け入れていただけるか、いつにも増してドキドキです。

常識がまったく通じない系のキャラは過去にも何人か書いてきましたが、天久保のぶっ飛び度は断然ぶっちぎりじゃないでしょうか。「はあああ～？」と声を裏返し、呆れ怒りながら、あれよあれよという間に絆されていく深月を書くのがとても楽しかったです。

麻々原絵里依先生、お忙しい中今回もまた素敵すぎるイラストをありがとうございました。実はプロットの段階からなんとなく麻々原先生の絵をイメージしていたので、担当さんからご連絡いただいた時は「以心伝心か」と歓喜しました。本当に嬉しかったです。

末筆になりましたが、最後まで読んでくださった皆さまと本作にかかわってくださったすべての方々に心より感謝、御礼を申し上げます。ありがとうございました。愛を込めて。

二〇二〇年　二月

安曇ひかる

✦初出　年下アルファの過剰な愛情……………書き下ろし

安曇ひかる先生、麻々原絵里依先生へのお便り、本作品に関するご意見、ご感想などは
〒151-0051 東京都渋谷区千駄ヶ谷 4-9-7
幻冬舎コミックス　ルチル文庫「年下アルファの過剰な愛情」係まで。

幻冬舎ルチル文庫

年下アルファの過剰な愛情

2020年3月20日　　第1刷発行

✦著者	安曇ひかる　あずみ ひかる
✦発行人	石原正康
✦発行元	株式会社 幻冬舎コミックス 〒151-0051 東京都渋谷区千駄ヶ谷 4-9-7 電話 03(5411)6431[編集]
✦発売元	株式会社 幻冬舎 〒151-0051 東京都渋谷区千駄ヶ谷 4-9-7 電話 03(5411)6222[営業] 振替 00120-8-767643
✦印刷・製本所	中央精版印刷株式会社

✦検印廃止

ISBN978-4-344-84634-0　C0193　Printed in Japan